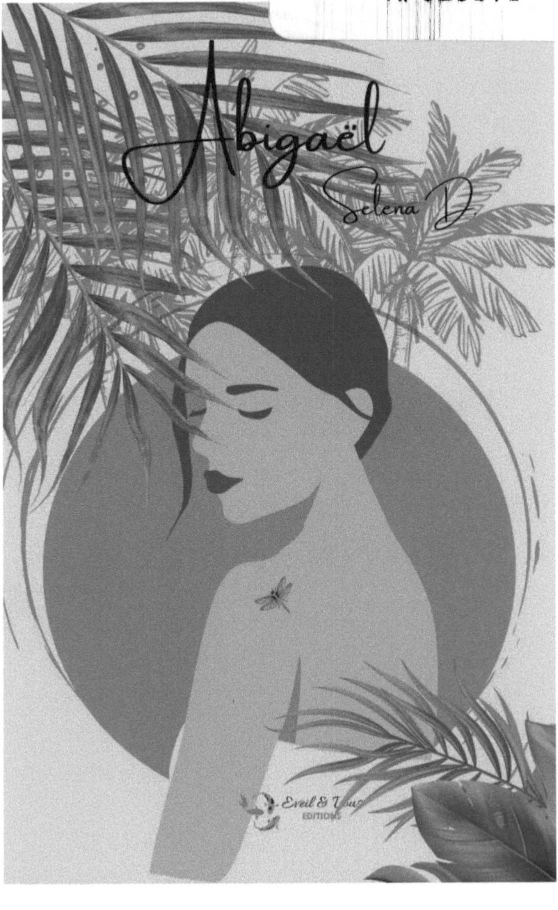
Abigaël
Selena D.
Eveil & Vous
EDITIONS

ABIGAËL

MENTIONS LEGALES

© Selena D.

Tous droits réservés. Aucune partie de cette publication ne peut être reproduite, stockée dans un système de récupération ou transmise sous aucune forme ou par aucun moyen, électronique, mécanique, photocopie, enregistrement ou toute autre manière, sans l'autorisation préalable écrite de l'auteur

Créé par Séléna D.
Illustration : Lise Larbalestrier
Tous droits réservés©
Première édition 2024
EVEIL & VOUS EDITIONS
ISBN Editeur D/2024/14.946/09
ISBN 978-2-930993-36-2

Impression : Libri Plureos GmbH, Friedensallee 273, 22763 Hamburg (Allemagne)

ABIGAËL

ABIGAËL

DEDICACE

ABIGAËL

ABIGAËL

NOTE DE L'AUTEURE

Amis lecteurs,

Abigaël fait partie d'une série de portraits de femmes que j'avais envie de partager. N'étant pas douée avec les pinceaux, c'est avec des mots que je les ai peints.
Abigaël est une femme de son temps, qui a déjà vécu plusieurs vies. Sans se laisser démonter par les
épreuves elle avance encore et encore. C'est cette volonté de rebondir, de trouver le bonheur sans se mettre de côté qui fait sa force.
Je vous invite à la découvrir.

Si vous aimez ce portrait, Adenora et Coraline, disponibles aux éditions Éveil & Vous, sont également faites pour vous.

Bonne lecture.
Selena D.

1.

Je claque la porte de mon appartement. Je vérifie que je n'ai rien oublié. Billet d'avion, portable, téléphone, tout est là, à portée de main.

Je descends les marches du perron de la villa où je loue, depuis dix ans, un rez-de-chaussée que j'abandonne pour six mois.

Je laisse derrière moi la grisaille pour filer vers le soleil. L'agence touristique pour laquelle je travaille inaugurera bientôt un tout nouveau complexe hôtelier et c'est moi, Abigaël Dorset, qu'elle envoie dans une île paradisiaque du Cap Vert pour rencontrer son contact sur place. En plus de superviser le chantier, je devrai également repérer les curiosités locales. Cerise sur le gâteau, j'ai obtenu de prolonger mon séjour « boulot » par un mois de vacances amplement méritées. Nous sommes le cinq janvier, l'établissement ouvrira ses portes le premier juillet ! Je sens que le temps va filer à toute vitesse.

J'aperçois très vite la voiture de Laurence. C'est elle qui me conduit à l'aéroport. On travaille dans la même boîte et nous sommes amies depuis presque dix ans. C'est avec elle que j'ai préparé le projet. Elle sera mon contact ici avant de me rejoindre sur l'île pour les congés.

— Salut, ma belle, alors, prête pour le voyage ?

— Oui. J'ai hâte ! Tiens, je te confie la clé de l'appartement. Merci d'avoir accepté de t'en occuper pendant mon absence. Pour te faciliter la vie, j'ai regroupé toutes les plantes dans la véranda. Comme ça, tu ne devras pas te balader partout avec l'arrosoir. J'ai également installé le tuyau sur le robinet de la citerne. Un passage par semaine devrait suffire. Pour le courrier, je me suis arrangée avec mon frère qui me scannera ce qui est important. Donc, ne t'inquiète pas si tu trouves des lettres ouvertes.

— OK, OK ! Ne t'en fais pas, on va gérer tout ça, tu peux partir tranquille.

— Je sais, je suis désolée de te bousculer, mais je stresse un peu là. Je vais quand même me retrouver à de milliers de kilomètres d'ici, sur une île perdue au milieu de l'océan, isolée pendant des semaines avant que tu viennes me rejoindre !

— Paradisiaque l'île, hein ! Cocotiers, plage et soleil, y'a plus mal comme façon de traiter un dossier ! Puis tu ne seras pas toute seule, il y aura Philippe pour t'aider là-bas.

— Parlons-en, tiens. Tu as entendu ce que Florence en a dit ?

— Depuis quand tu te bases sur les élucubrations de Florence pour te faire une opinion ? Tu la connais, non ?

Florence est la coordinatrice de la logistique. C'est elle qui supervise tous les déplacements des collaborateurs. Billets et horaires d'avion ou de train, contacts à l'étranger, logements, c'est elle qui gère. C'est aussi la « gazette » du bureau. Les rumeurs qu'elle colporte sont souvent loin d'être vérifiées, surtout si elle ne t'apprécie pas.

— Oui. Mais elle a déjà travaillé avec lui donc elle doit quand même savoir un peu ce qu'elle raconte sur ce coup-là. Avoue que ce qu'elle nous en a dit n'est pas rassurant.

Philippe est le chef de projet du Cap Vert. C'est lui que je dois rejoindre et « épauler » jusqu'à l'ouverture du centre de vacances. Par épauler, comprenez évidemment « espionner » ou « surveiller » puisque la patronne a eu vent de retards qu'elle estime injustifiables ! À moi de remettre bon ordre dans tout ça.

— Je l'ai entendue. Oui. Mais si j'étais toi, j'attendrais de voir avant de cataloguer ce Philippe. Enfin tu es une grande fille. Ça y est, on est arrivées, là. Je trouve une place puis je t'accompagne. J'ai une permission de deux heures pour m'assurer que tu as bien pris ton avion. Ensuite je devrai faire mon rapport à la dragonne.

Nous repérons un emplacement très vite. Je quitte la voiture en riant.

Comme toujours, l'aéroport est noir de monde. Je vérifie le numéro de mon vol et du comptoir d'embarquement qui y correspond puis je fais enregistrer mes bagages.

Délestée de ce fardeau, je m'installe avec Laurence à un bar. Nous devisons agréablement autour d'un jus de fruits frais jusqu'à l'annonce de mon avion.

Laurence et moi nous embrassons longuement – un vrai petit couple –

avant que je file vers l'hôtesse non sans me retourner une dernière fois pour faire de grands signes à mon amie.

16 ABIGAËL

2.

Après sept heures d'un vol inconfortable, mais sans histoire, je me retrouve sur l'île de Sâo Vincente, au Cap Vert. Je suis en principe attendue à l'aéroport pour l'ultime étape de mon périple qui s'effectuera en bateau. Lorsque je gagne le hall avec armes et bagages, je cherche longuement le comptoir de notre agence sur place où, normalement un chauffeur sera mis à ma disposition pour rejoindre le port. Sauf que je suis partie de chez moi à neuf heures et demie et qu'avec les heures de vol et le décalage horaire, j'arrive vers treize heures, heure locale. Le bureau est fermé, pause de midi ! Je peste. Je suis fatiguée, affamée, la collation dans l'avion étant du domaine symbolique. Je me résigne donc à chercher un endroit où me poser. J'avise une table libre dans ce qui ressemble à un café-restaurant. Je me laisse tomber sur la chaise la plus proche. Je consulte le menu, qui propose une multitude de plats aux dénominations plus exotiques les unes que les autres, la Katchupa rica, la Katchupa guisada, la Feijoada, La Guisada de Kabrito, les Estofadas, la Moreia. J'opte sagement pour une salade César avec un thé glacé. Les découvertes gastronomiques ce sera pour plus tard.

Je me vois servir, comme je m'y attendais, une barquette en plastique d'une marque bien connue. Étant donné que j'ai vraiment faim… La bonne surprise c'est le petit pain au maïs encore tiède qui l'accompagne.

Je commence à retrouver le sourire lorsque, sans le vouloir, je capte la conversation de la table d'à côté.

— Alors elle arrive quand Miss Fouille-Merde ?

Sympa dis donc ! Je lance un coup d'œil discret vers mes voisins. Celui qui parle me tourne le dos. Son compagnon est placé de trois quarts. Cependant, je peux deviner qu'il s'agit de deux hommes style « cadre dynamique ».

— D'après les infos que Florence m'a données elle en a pour sept heures de vol donc elle devrait être là vers seize heures, du moins je suppose.

Florence !? Sept heures de vol !?

Cette fois, mon attention est tout à fait retenue. Je tends l'oreille pour ne rien perdre de la suite.

— Tu sais à quoi elle ressemble ?

— C'est pas une bombe en tout cas, toujours d'après Florence

— Jeune ?

— Pas vraiment, non la cinquantaine bien sonnée…

— Houlà ! Tu vas pas rigoler dis donc !

— Bah, elle est pas là pour qu'on s'amuse, mais quitte à avoir une bonne femme dans les pattes, ç'aurait été pas mal si elle avait été mignonne et sympa.

Je reste un moment, complètement abasourdie, à me demander quoi faire. C'est de moi qu'on parle ! Lui rentrer dans le lard tout de suite ou me calmer un brin avant ? Quant à la

Florence, promis quand je reviens au bureau je lui éclate la tête ! Au figuré évidemment. C'est vrai, je ne suis plus une gamine. Je n'ai pas non plus une taille mannequin. Un peu ronde, mais avec les kilos harmonieusement répartis sur mon mètre quatre-vingts, la cinquantaine, cheveux châtain mi-longs, je ne suis pas un top, mais de là à me faire passer pour une grosse vache acariâtre, il y a de la marge.

Cela dit, ce type de discours correspond assez à la description qui m'a été faite du personnage par cette même Florence. Imbu de lui-même, macho jusqu'au bout des ongles. Lui aussi mérite une bonne leçon. Je me sens d'humeur à la lui donner.

Première opération, voir à quoi ressemble l'individu. Pour ça, je sais déjà comment faire. Il me suffit de me retourner, de faire mine de chercher un serveur. Bingo !

Je décide de finir mon repas tout en écoutant ce qu'il raconte. Je n'apprends rien de plus, hormis que son compagnon, qui semble faire aussi partie de notre entreprise, a des visées sur une collègue. À surveiller également donc !

Je me dirige vers la sortie. Avec les bagages, ce n'est pas une partie de plaisir. J'exagère mes difficultés en passant devant leur table, les observant ainsi tout à loisir, pour repérer ma future victime. Ce ne sera pas pour tout de suite, puisqu'ils sont deux, mais le spectacle n'est pas déplaisant. Je croise des exemplaires assez classiques de la gent masculine, du type qui s'entretient, un brun, un blond. Rien en tout cas qui excite ma libido. Ça me rassure étant donné ce que je viens d'entendre. Il me sera franchement plus facile de remettre à sa place Monsieur « Je suis le roi du monde ».

Vu que Sa Majesté ne m'attend pas tout de suite, j'envoie un SMS à Laurence.

Bien arrivée. Personne pour me recevoir.

Croisé par hasard le Philippe. Va y avoir du sport. Te raconterai plus en détail demain soir.

La réponse me parvient rapidement.

Suis impatiente. Installe-toi et profite. À demain. Skype vers 19 h ?

19 h pour toi ou pour moi ?

Pour toi.

Tu es sûre ? Ce ne sera pas trop tard ?
Non, ne t'en fais pas. Tu sais que je ne suis pas une couche-tôt.
Ça marche. À demain, ma belle.

Sourire aux lèvres, je rejoins tranquillement le comptoir où je suis censée être accueillie. Je fais une rapide escale dans une parfumerie. J'ai besoin de bons produits solaires, j'ai un peu peur de ne pas en trouver sur Santa Luzia.

3.

Quand j'arrive au bureau local, il n'y a que le blond. En attendant mon tour, je le détaille tout à mon aise. Pas spécialement grand, il ne dépasse certainement pas le mètre septante-cinq. Il présente un petit bedon sous sa chemise blanche. Pour ce que je peux en voir, sa pilosité est relativement modeste, aussi claire que ses cheveux. Une barbe de trois jours, soigneusement taillée encadre une bouche bien dessinée surmontée d'une paire d'yeux limpides, entre le gris et le bleu.

Quand vient mon tour, je devine à sa voix que ce n'est pas Philippe. Je me présente donc de manière détendue.

— Bonjour, je m'appelle Abigaël Dorset. J'ai rendez-vous avec

Philippe Talbot qui doit me conduire à Santa Luzia.

— Bonjour. Serge Castel. Enchanté. Nous ne vous attendions pas si tôt. Florence nous avait annoncé votre arrivée pour seize heures.

— Heure de Bruxelles oui, pas avec le décalage horaire. J'ai atterri vers treize heures, récupéré mes bagages. Quand je suis enfin parvenue ici, le bureau était fermé. J'en ai donc profité pour manger un morceau, faire une ou deux courses. Là tout de suite, j'aimerais beaucoup rejoindre mon logement. Sept heures en vol *low cost*, c'est fatigant en plus d'être inconfortable. Pour tout vous avouer, je meurs d'envie d'une bonne douche. Où est Monsieur Talbot ?

— Je suis désolé, il est en ville avec un client. Il ne sera pas de retour avant une heure au moins.

— Je vois. Merci à Florence pour la précision de son organisation ! Donc, je fais quoi ? Voilà un peu plus d'une heure que je me balade dans l'aéroport en traînant mes valises ! Je ne vais pas rester une heure de plus ici en attendant que votre collègue revienne ! Si ?

Je prends exprès un ton plutôt froid, exaspéré. Il faut que je veille à la réputation que Florence m'a faite. Je la retiens celle-là d'ailleurs ! Je sais qu'elle ne m'aime pas. Mais de là à « oublier » le décalage horaire dans l'organisation, ça va vraiment trop loin. D'autant que ce n'est pas la première fois que ça arrive. Si je ne m'en suis jamais plainte jusqu'ici,

elle ne perd rien pour attendre. Elle aura droit à un rapport ! Mais bref !
Embarrassé, mon interlocuteur réfléchit. Il semble tout à coup avoir une idée lumineuse.

— Écoutez, si des conditions un peu spartiates ne vous font pas peur, la navette de ravitaillement de l'île part dans trente minutes. Je peux demander à Pedro de vous y conduire. Il a pris livraison de quelques marchandises. Évidemment, ce sera moins agréable que le bateau taxi, mais au moins vous pourrez vous poser un moment.

— Si vous n'avez pas d'autres solutions que de me faire voyager comme un bagage, va pour le camion, lui dis-je d'un ton plus que sarcastique.

Monsieur Blondinet plonge sur son portable. Après une brève conversation, il m'annonce tout sourire que tout est arrangé. Comme il n'y a personne après moi, il ferme boutique pour me conduire à l'entrée de l'aéroport au véhicule qui m'attend.

En fait de camion, c'est plutôt une fourgonnette, moins inconfortable qu'il n'y paraît. Serge me présente à Pedro, mon chauffeur, qui est aussi disert que sympathique, avant de retourner à son comptoir. Comme nous passons devant sa statue, il me raconte l'histoire de Cesária-Évora, chanteuse célèbre originaire du Cap. Surnommée la « Diva aux pieds nus », elle était principalement connue par la morna, musique nostalgique et plaintive, typique du

Cap Vert, qu'elle a popularisé auprès du grand public mondial.

Au port, je ne dois même pas quitter mon carrosse, il embarque aussi ! Pedro me parle un peu du complexe dont la rénovation est presque terminée. Il est constitué d'une vaste maison dans le plus pur style colonial. Elle abrite les infrastructures communes ainsi qu'une série de chambres. Dans le reste de la propriété, plusieurs ensembles de bungalows ont remplacé les quartiers des esclaves et autres bâtiments. Un bar-piscine, une pataugeoire, un jacuzzi, un grand bain, une discothèque, deux restaurants ont été ajoutés. Des sentiers relient toutes ces installations, le tout dans le plus strict respect de l'environnement, un des critères essentiels pour l'implantation d'une succursale de notre entreprise.

La traversée est relativement rapide, ce qui ne m'empêche pas de profiter de la beauté du paysage. Mer bleu turquoise, transparente. Ciel sans nuage. Sur une partie de l'île que nous contournons, des côtes escarpées à la végétation luxuriante. Nous débarquons sur Santa Luzia. J'ai le souffle coupé. La vue est superbe. L'arrivée se fait par une jetée qui entre dans cette mer céruléenne, offrant un magnifique panorama sur une plage de sable fin, presque blanc. Elle est bordée d'arbres majestueux et d'arbustes en fleurs qui laissent entrevoir une série de façades colorées. Pedro m'explique qu'à l'origine, il y avait là un petit village de pêcheurs qui assuraient le ravitaillement de la plantation ainsi que le transport des marchandises entre l'île et le continent. Lui-même est un descendant de l'une des vingt familles qui vivaient ici.

— Vous savez que trois d'entre elles seulement y ont encore des représentants, dont la mienne ? me dit Pedro. J'ai personnellement eu la chance de conserver la maison de mes ancêtres.

Dans le ton de sa voix, je devine qu'il n'en est pas peu fier. Il me la montre en passant.

— Oh, elle est magnifique, Pedro.

Je lui en fais compliment tant elle est pimpante. La façade couleur pêche et crème est agrémentée de volets en bois foncé avec des bacs à fleurs sur les appuis de fenêtre. Un petit jardin parfaitement entretenu complète l'ensemble.

Nous traversons le village. Pedro m'indique au passage les différentes boutiques dont je pourrais avoir besoin lors de mon séjour. Je me rends compte que j'ai été un peu pessimiste en arrivant. Il ne manque rien pour faire mon bonheur ! Nous passons également sur une jolie place subtilement ombragée. C'est ici que se tient le marché deux fois par semaine, m'explique mon guide.

La route serpente ensuite sur une sorte de colline, jusqu'à un superbe portail, niché dans la végétation. Ce dernier franchi, nous roulons encore quelques minutes au travers des arbres avant de déboucher sur l'esplanade de la maison principale.

Là, c'est le choc ! Je me retrouve près de deux siècles en arrière. Ne manquent au décor que les héros *d'Autant en emporte le vent !* C'est magique !

Pedro stoppe la camionnette devant le perron. Je suis tellement abasourdie que je ne songe à en descendre que quand il m'ouvre la portière. J'avance dans un état second avant de me reprendre. Je ne suis pas là pour rêver, mais pour travailler !

L'intérieur n'est pas en reste. Tout a été mis en œuvre pour respecter le décor original. Le mobilier de l'entrée est digne des palaces du 19e siècle. J'y suis attendue. Blondinet a bien fait les choses, on dirait !

— Madame Dorset, je suppose, me demande une jolie brunette.
— Bonjour Mademoiselle. Vous supposez bien. Vous êtes ?
— Sylvie Dubois. Je suis chargée de coordonner tout ce qui concerne la réception de même que les services en chambre. Quand nous serons ouverts, évidemment. Pour l'instant, je prépare plutôt notre personnel et je supervise les derniers aménagements.
— Dans ce cas, nous allons nous voir souvent.
— Je le pense aussi. Je sais que vous avez déjà rencontré Serge, enfin, Monsieur Castel, à l'aéroport. Vous devriez faire connaissance avec Philippe Talbot un peu plus tard. Je vous propose de vous installer en attendant. Vous avez le choix entre

une suite dans la grande maison ou un pavillon dans le parc.

— La suite me tente beaucoup évidemment, mais je crois que je vais opter pour les bungalows. J'ai fait une réservation puisque je prolonge mon séjour de travail par mes vacances. Ce serait sans doute plus facile si je m'y installais tout de suite, sauf si ça complique l'organisation ou s'ils ne sont pas tout à fait terminés.

— Alors je vous propose ceci. Vous occupez la suite pour le premier mois, le pavillon pour le reste du temps. Ça aidera en effet pour le service, l'effectif étant réduit pour l'instant. Mais nous devrions être au complet d'ici quinze jours. Ça permettra aux ouvriers de peaufiner les derniers détails des bungalows. Est-ce que cela vous convient ?

— C'est parfait.

— Dans ce cas, si vous voulez m'accompagner. Je suis désolée, l'ascenseur n'est pas encore opérationnel, il faudra monter à pied. Mais je vais vous aider pour vos valises.

Je suis mon hôtesse dans le superbe escalier. L'appartement, qui est au premier, occupe tout l'espace au bout du couloir de l'aile droite. Sylvie m'explique qu'il a son pendant dans l'aile gauche. Il en existe deux autres au second étage, disposés de la même façon. Le bâtiment principal propose ainsi quatre suites qui peuvent être transformées, si nécessaire, en chambres familiales pendant la haute saison.

Le décor est en harmonie avec le reste de l'édifice. Une pièce, avec un immense lit deux places, fauteuils, table basse, vaste garde-robe encastrée, un salon avec coin bureau, composent les deux premiers locaux que je visite. Quant à la vaste salle d'eau, attenante, elle est, elle, résolument moderne. Douche à l'italienne, baignoire ronde surélevée avec jacuzzi et banquette, toilettes, double évier, rien ne manque au confort des occupants. Elle fait la jonction avec une seconde pièce qui est meublée de deux lits d'une personne avec leur chevet, d'une table et deux chaises ainsi que d'un placard enchâssé dans le mur. Un balconterrasse offrant une agréable vue sur le paysage environnant complète l'ensemble.

Sylvie me tend ma carte magnétique avant de m'informer que si je le souhaite, je peux prendre une collation dans la petite salle à manger d'ici une heure. Elle m'avertira de l'arrivée de Monsieur *Le Roi du Monde*. Elle me propose également de transformer la seconde chambre en espace de travail, les infrastructures techniques n'étant pas encore tout à fait terminées.

Je la remercie chaleureusement, mais décline sa suggestion. Le coin bureau du salon est amplement suffisant dans un premier temps. Je vais de toute façon passer les premiers jours à visiter les diverses implantations, à faire connaissance avec tout le personnel.

Dès qu'elle a le dos tourné, je fonce dans la salle d'eau où je fais couler un bain, autant pour mon plaisir que pour tester installations et produits. La température extérieure est agréable, vingt-cinq degrés avec un vent léger. Cependant, après le voyage et l'attente à l'aéroport, j'ai besoin de relâcher un peu la pression.

Une heure plus tard, je suis totalement détendue, prête à affronter mon nouveau collègue.

Pour cette première rencontre, j'ai soigné mon apparence. Tailleur-pantalon gris clair assorti à un top flou anthracite, une paire de sandales à petits talons pour compléter le tout. Un maquillage léger, pour masquer les traces de la fatigue, me donne une bonne mine. Un dernier regard dans le miroir avant de quitter la chambre. Je me coule dans mon personnage.

Quand j'arrive en bas, Sylvie est derrière son comptoir. Dès qu'elle m'aperçoit, elle m'annonce que Monsieur Talbot n'est toujours pas là. J'avoue que je suis un peu soulagée de savoir que je ne vais pas devoir l'affronter tout de suite. Ayant peu mangé de la journée, je suis plutôt affamée et dans ces cas-là, j'ai tendance à être encore plus agressive. Comme le premier contact avec mon collègue, même fortuit, n'a pas été le meilleur, autant me restaurer avant de le rencontrer.

Je pénètre dans la salle à manger. Le cadre est somptueux. Il s'agit de l'ancienne salle de réception de la maison. De proportion harmonieuse, la pièce bénéficie de multiples portes-fenêtres qui donnent sur une terrasse et un jardin coloré. Je note avec plaisir que quelques tables ont été dressées avec beaucoup de soin, ce qui augure bien pour l'ouverture prochaine du complexe. Le buffet trône au centre de la salle. Des mélanges de fruits ainsi que quelques pâtisseries sont présentés dans des bacs réfrigérés. De l'autre côté, des boissons froides ainsi que du thé et du café sont à disposition.
Je choisis de m'attabler près d'une des fenêtres pour profiter de la vue tout en dégustant un délicieux gâteau accompagné de quelques

fruits. Sylvie vient rapidement me rejoindre.

— Vous êtes installée comme vous voulez ?

— Oui, tout est parfait, merci. Dites-moi, je suppose que ce buffet n'est pas réservé à mon intention. Vous pouvez m'expliquer un peu comment ça se passe ?

— Bien sûr. Tant que le complexe n'est pas ouvert, le personnel déjà sur place occupe cette salle à manger, celle qui nous est destinée n'étant pas encore terminée. Qui plus est, cela permet à ceux qui seront affectés au service de prendre leurs marques.

— C'est une bonne idée. Je suppose que nous sommes également les cobayes des cuisiniers ?

— Oui, aussi. Après m'avoir expliqué l'organisation des repas et collations, elle reprend. Actuellement, nous utilisons également cet espace comme salle de réunion ou pour recevoir les différents intervenants et fournisseurs. Nous devrions disposer d'un endroit plus adéquat dès la fin de la semaine prochaine. Monsieur Talbot vous montrera tout ça tout à l'heure.

— Certainement oui, mais j'aime diversifier mes sources d'information. Est-ce que l'ensemble du personnel réside sur place ? Auquel cas, nous aurons l'occasion de discuter durant le repas de ce soir.

— Pas tous. Certains sont originaires de l'île ou y vivent. Ils

rentrent donc chez eux, leur service terminé. Les autres logent pour l'instant dans les bungalows les plus proches, comme celui que vous occuperez, ou dans les chambres. Cela nous permet de tester le matériel et de procéder à l'écolage des équipes, d'ajuster l'une ou l'autre chose.
— Je vois. Il me reste à découvrir tout ça petit à petit. J'apprécierais de rencontrer le personnel au complet. Pourriez-vous programmer cela durant le petit déjeuner demain matin ? Disons neuf heures dans la salle à manger ?
— Je ne pense pas que ce soit à Sylvie d'organiser ça !
Je sursaute violemment, surprise par cette voix que je reconnais et qui vient de retentir dans mon dos.

Je sens que ça va être drôle. Je vais devoir faire appel à tout mon self contrôle dans les prochaines minutes.

— Monsieur Talbot, je présume !

— Philippe Talbot oui. Vous devez être Abigaël ?

— Madame Dorset. Ravie de faire votre connaissance. Nous nous sommes manqués à l'aéroport, semble-t-il !

— Hum ! En effet, mais Florence nous avait annoncé votre arrivée pour seize heures !

— Évidemment. Les chiffres n'ont jamais été son fort à cette brave Florence, du moins ceux qui concernent les horaires ainsi que les différents décalages. Voyons le positif, ça m'a permis de rencontrer Serge, Pedro, Sylvie et de m'installer. Avez-vous un bureau à mettre à ma disposition ?

Je me garde de lui dire que je connais déjà la réponse et que j'ai pris mes arrangements. Je veux juste le placer un peu sur la sellette pour voir sa réaction.

— Le local est terminé, me dit-il, mais le mobilier ne nous parviendra qu'après-demain. Nous dépendons des navettes pour les grosses livraisons.

— Soit ! Dans ce cas, je travaillerai dans ma chambre ou dans la salle à manger. Connaissant la date de mon arrivée, vous auriez pu anticiper ! Bref ! Si vous pouviez me montrer le reste du domaine pour que je puisse me familiariser un peu avec la topographie du site, ce serait parfait. Sylvie, merci pour votre accueil.

Vous n'oubliez pas l'invitation à la réunion pour demain matin ? Merci. À tout à l'heure !

Sans attendre la réponse de Monsieur Bellâtre, je me dirige vers la sortie. Il marque une légère hésitation avant de m'emboîter le pas. Ces quelques secondes sont précieuses pour me préparer au second round. Philippe me rejoint, m'ouvre la porte avec une certaine emphase. Je m'attends presque à le voir faire la courbette. Si je perçois toute l'ironie qu'il veut mettre dans ce geste, je ne réagis pas, imperméable à sa provocation. Au contraire même, je le toise avant de le remercier d'un signe de tête digne d'une reine.

Tandis que nous avançons vers le reste des installations, j'en profite pour l'observer à la dérobée.

Je ne vois vraiment pas ce que Florence a pu lui trouver. Cet examen discret confirme ma première impression à l'aéroport. Je lui donne une bonne quarantaine d'années. Il fait partie de cette catégorie d'homme qui entretient son corps, mais sans excès. Vêtu sans extravagance, mais avec goût, cheveux impeccablement coiffés, rasé de près, subtilement parfumé, il est assez agréable à regarder. Mais ce n'est clairement pas l'Apollon du coin, même si, je dois le reconnaître, il ne manque pas de charme.

— Par quoi souhaitez-vous commencer ? Les parties publiques

ou les zones réservées au personnel ?

— Cela n'a pas grande importance. Visitons en fonction de ce qui se trouvera sur notre chemin. Je viens de subir quelques heures d'avion inconfortables, suivies de plus d'une heure de déambulation stérile dans un aéroport. Je n'ai aucune envie de perdre ni mon temps ni mon énergie en trajets inutiles !

Je ne peux m'empêcher de piquer un peu, bien qu'il ne soit pas fautif de la mauvaise organisation à mon arrivée. C'est donc sur un ton relativement froid qu'il me répond.

— Parfait. Dans ce cas, nous commencerons par ici.

Pendant les deux heures suivantes, j'écoute mon compagnon qui me détaille l'ensemble du projet. Les quartiers pour le personnel sont répartis dans les différentes zones en fonction des besoins. Les vacanciers résident eux dans des groupes de quatre bungalows construits sur deux étages. Un bar, des sanitaires, douches et toilettes, sont à disposition des résidents en bordure de la plage privative ainsi que dans divers endroits du domaine.

Je constate avec plaisir que les travaux sont bien avancés au niveau des bâtiments. En revanche, l'aménagement des abords et des cheminements laisse encore à désirer, mais devrait, sauf problème, être achevé pour l'ouverture.

Nous visitons en dernier les écuries, proches de l'immeuble principal. Elles ont été transformées en restaurant de prestige. Certaines stalles ont été préservées. Elles forment de plaisantes alcôves avec mobilier en bois et cuir qui se déclinent dans tous les tons de miel. Le sol est carrelé de dalles en pierre beige clair. Des photographies sépia de chevaux, fringants cavaliers et altières amazones, alternent sur les murs blancs avec quelques pièces de harnachement, judicieusement mises en valeur. L'ambiance est feutrée et cosy. La sellerie, transformée en bar, donne accès à une terrasse couverte, aménagée en salon extérieur. Je tombe sous le charme de l'endroit. Comme je me retourne vers mon compagnon pour lui en faire part, son regard goguenard me coupe dans mon élan. C'est donc sur un ton sarcastique que je lui lance :

— Pour cette première visite, nous dirons que Madame est presque satisfaite. Je vais lister mes remarques. Nous en parlerons demain après le déjeuner. Bonne soirée.

Sans attendre sa réponse, je le plante là ! Il me reste à découvrir le logement du personnel de ce que je nomme la grande maison, du moins des employés qui ne sont pas originaires de l'île et n'y ont pas leur habitation, à explorer l'entièreté de celle-ci, mais ce sera pour plus tard. Je n'ai qu'une envie, manger puis dormir. Je demande à Sylvie de faire monter une collation légère dans ma chambre. Je préfère me reposer. Les nouvelles connaissances attendront demain.

Je prends mon repas composé de poisson, de riz et de fruits frais, sur la terrasse. La vue est magnifique. Au loin, la mer, la plage avec la baie et ses falaises d'un côté. De l'autre, on devine le village entre les arbres. Je profite de la douceur de ce début de soirée tout en rédigeant mes notes, avant de m'effondrer sur mon lit.

4

Je passe une nuit assez agitée. Je fais des rêves louches dans lesquels Monsieur Bellâtre tient le premier rôle. Évidemment quand je me réveille le matin, je suis plutôt de méchante humeur. Une bonne douche plus tard, ça va beaucoup mieux. La perspective de découvrir ma nouvelle équipe, de prendre un solide petit déjeuner que je n'aurai pas dû préparer, achève de me rendre le sourire. C'est donc d'un pas allègre que je rejoins la salle à manger.

Comme je me suis levée tôt, elle est presque vide. Je me présente aux quelques personnes déjà installées. Mon assiette remplie, je m'assois à une table près de la fenêtre.

Le buffet est somptueux. Céréales, viennoiseries, pains, avec beurre, margarine, confiture, yaourts, fruits, œufs, bacon et saucisses, accompagnés par plusieurs variétés de cafés, thés, laits, eaux et jus. Rien ne manque. Il faudra vraiment que je me discipline si je ne veux pas doubler de volume avant le début de mon congé. Déjà que je ne suis pas particulièrement svelte ! Certes je ne suis pas obèse, mais quelques kilos en trop, installés depuis plusieurs années maintenant, enrobent ma silhouette. Heureusement, je suis plutôt grande, ça compense.

À peine ai-je entamé mon déjeuner que Sylvie s'approche.

— Puis-je me joindre à vous ?

— Je vous en prie. Peut-être pourrions-nous nous tutoyer au

moins quand nous ne sommes pas en réunion. Nous allons devoir travailler ensemble pendant plusieurs mois. Ce serait plus agréable, non ?

Sylvie marque une hésitation avant de me répondre, mais finit par acquiescer.

Nous papotons gentiment quelques instants. Puis, je l'abandonne pour un bref passage dans ma salle de bains, avant la grande présentation de ce matin.

À neuf heures précises, j'entre à nouveau dans la salle à manger. Elle est maintenant nettement plus remplie, mais les conversations cessent progressivement dès que je franchis la porte. Tous les regards se tournent vers moi. Même si ce n'est pas une première, je suis toujours un peu stressée quand je dois rencontrer une nouvelle équipe.

Philippe s'avance pour me saluer et sans doute me présenter, mais je le prends de court.

— Bonjour à tous. Je suis Abigaël Dorset. Je suis là pour vous accompagner pendant les derniers mois de préparation de ce superbe complexe. Monsieur Talbot – je me tourne vers lui et lui fais un signe discret de la tête – m'a fait visiter une grande partie des installations hier. Je dois avouer que je suis très agréablement surprise par ce que j'ai vu. Aussi, c'est avec un immense plaisir que je vous félicite pour ce que vous avez accompli jusqu'ici. Je suis certaine que nous arriverons au bout de ce chantier dans les temps pour la plus grande satisfaction de tous. Je vous propose de passer près de chacun de vous maintenant pour faire rapidement connaissance. Je ne vous promets pas de retenir les noms de tout le monde dès à présent, mais je suis sûre que d'ici quelques jours, ça devrait aller. N'hésitez pas à venir me voir pour tout problème que vous pourriez rencontrer. Nous essaierons de découvrir une solution ensemble. J'envisage aussi, tout au long de cette semaine, de faire connaissance avec tous les membres de chacune des équipes. Pour vous gêner le moins possible dans votre travail, j'établirai avec M. Talbot un planning pour ces entretiens que vous trouverez dans le hall, à l'accueil. Je vous souhaite à tous une excellente journée.

Mon petit discours terminé, je me mets à circuler entre les groupes, prenant le temps de serrer la main de chacun, d'essayer de mémoriser quelques noms. Je demande ensuite à Sylvie de me présenter le responsable des aménagements extérieurs. Je fais la connaissance de Miguel. Il a une stature impressionnante. Il doit mesurer près de deux mètres avec une carrure à l'avenant. Métissé, il a une peau couleur caramel, qui contraste avec mon teint pâlichon, des yeux sublimes. Il est beau, il le sait, mais apparemment n'en joue pas. Je le comprends d'emblée à son regard franc, amical. Nul sous-entendu dans ces yeux-là. Qu'est-ce que ça fait du bien. Au moins avec lui tout est clair, pas de question à se poser.

Nous entrons très vite dans le vif du sujet. Il suggère que je rencontre son équipe tout de suite car plusieurs points posent problème. J'accède à sa proposition. Nous improvisons rapidement une réunion de travail autour d'un café, une fois le reste du staff parti. Ses demandes sont précises, claires. Après une paire d'heures passées à discuter des plans, à les amender, nous parvenons à résoudre presque tout.

Quand Miguel et son équipe prennent congé, je remarque Monsieur Bellâtre. Il est accoudé au buffet et me regarde sans aménité.

Je devine que l'avoir ignoré depuis le début de la journée a dû l'exaspérer au plus haut point. Cependant je n'ai pas le choix, je dois impérativement m'imposer comme chef de projet si je veux mener à bien la tâche qui m'incombe. Si ça froisse la susceptibilité de Monsieur, ce n'est pas mon problème. Mais je n'ai pas non plus intérêt à me le mettre à dos. Aussi est-ce avec un large sourire que je le rejoins.

— Monsieur Talbot. Ravie de vous trouver ici. Je boirais volontiers un jus de fruits. Et vous ? Nous pourrions nous installer en terrasse pour discuter de la suite du programme. J'aurais aimé le faire un peu plus tôt, mais comme vous l'avez vu, vos collègues ne m'en ont pas vraiment laissé le temps.

Ce disant, j'attrape une carafe, un verre et je prends la direction de l'extérieur. Mon compagnon en fait autant dans un silence pesant. Je m'installe à l'ombre. Quand Philippe a pris place en face de moi, il me scrute longuement avant de me demander :

— Pourquoi faites-vous ça ?

Même si j'ai parfaitement saisi, je joue les imbéciles.

— Je fais quoi ?

— Vous comporter de cette manière, m'ignorer. J'ai l'impression que vous ne m'aimez pas, mais je ne comprends pas pourquoi, on ne se connaît pas !

— Effectivement, nous ne nous connaissons pas. Il n'y a donc rien de personnel là-dedans. Dois-je vous rappeler que je suis ici pour prendre la tête de ce projet jusqu'à son aboutissement ? Que, dans ce milieu essentiellement masculin, si je ne précise pas les choses tout de suite,

que ce soit verbalement ou par mon attitude, je n'aurai aucun crédit ?
— Je vois. Désolé, je n'avais pas envisagé la situation sous cet angle.
— Normal, vous êtes un homme ! Ceci clarifié, pouvons-nous nous mettre au travail ?
— Évidemment.
Voilà, premier round pour moi !
Pendant l'heure qui suit, nous faisons le tour des remarques que j'ai engrangées lors de ma visite hier. Je dois malgré tout reconnaître que le chantier a été impeccablement géré.
Sylvie nous rejoint pour le déjeuner. Pendant tout le repas, nous bavardons assez agréablement. Je m'étonne même d'apprécier la compagnie de Philippe. Je reste néanmoins prudente. Ses réflexions,

surprises la veille, sont encore fraîches dans mon souvenir.

Quand je mentionne mon souhait de découvrir la grande maison et ses dépendances, il propose de m'accompagner. J'ai bien envie de décliner sa demande, mais je n'ai aucune raison valable de le faire. Aussi, j'associe Sylvie à la visite, sous prétexte d'avoir deux points de vue différents, l'un féminin, l'autre masculin. Nous convenons de nous retrouver une heure plus tard à la réception.

Je profite de cette pause pour me rafraîchir rapidement, envoyer un premier compte rendu à ma patronne, ainsi qu'un bref récit de mon arrivée et de ses suites à Laurence.

L'aménagement de la grande maison me séduit. Le rez-de-chaussée a été divisé en deux secteurs distincts. Une zone publique, reprenant les infrastructures communes comme le restaurant, le bar, la réception et la consigne, des sanitaires, un petit salon. L'autre partie est réservée à l'intendance. Hormis le mobilier des bureaux, qui arrivera le lendemain, tout est prêt à ce niveau. Quand nous passons au premier, nous visitons une chambre de chaque catégorie. Toutes ont été aménagées dans l'esprit de l'ancienne habitation. Philippe m'explique que la majorité de l'étage a peu souffert des ravages du temps. Il a donc été décidé de conserver au maximum le décor d'origine.

Le second niveau offre une différence flagrante avec le reste de la bâtisse. Le décor résolument contemporain contraste avec l'architecture. Seule concession, tout le mobilier est en bois.

Les combles proposent quelques suites dans l'esprit du second étage, moderne et fonctionnel, avec une touche de luxe discrète. Le résultat est bluffant. Je regrette presque d'avoir choisi de m'installer au premier !

Pour terminer la visite, il me reste les logements du personnel à voir. Ils ont été installés dans les anciennes cuisines, indépendantes du corps de logis, comme il était d'usage à l'époque de la construction de la maison. Chaque appartement est fonctionnel, confortable.

Comme je sors du bâtiment, Sylvie attire mon attention sur le prolongement des cuisines. Elle m'explique :

— Nous avons gardé le cellier original et nous avons fait de sa rénovation un point de communication.

— Un point de communication ? Mais pourquoi ?

— Parce qu'il est très rare de trouver un tel édifice encore opérationnel. Étant donné que nous avons axé notre publicité sur le domaine, de son parfait état de conservation, sur l'aménagement respectant l'architecture originale, ça semblait une bonne idée. Mais on peut évidemment changer si…

— Non, c'est parfait comme ça. C'est un détail que j'ignorais, c'est tout.

En me retournant vers Philippe, je surprends son regard ironique. Je ne peux m'empêcher de l'interpeller.

— Quelque chose à ajouter ?

— Absolument rien. Si vous voulez m'excuser. Je ne pense pas que vous ayez encore besoin de mes services.

Cette fois, le point est pour lui puisqu'il a tourné les talons avant que j'aie pu lui répondre.

Sylvie me lance un air interrogatif, mais je n'ai aucune envie de lui expliquer pourquoi j'ai un peu de mal avec son collègue. D'autant qu'elle semble l'apprécier beaucoup, ainsi qu'en attestent les nombreux regards admiratifs de sa part que j'ai surpris pendant tout le temps que nous avons passé à trois. Étant donné qu'ils sont destinés à gérer le complexe ensemble, je ne tiens pas à briser leur entente. Je surveillerai quand même l'évolution de cette relation. Des amours contrariées ne sont pas bonnes dans la réalisation d'un tel projet. Je m'en tire donc avec une pirouette, plaçant ma mauvaise humeur sur le compte de la fatigue. Comme la veille, je prends le repas dans ma chambre. Je profiterai de la soirée au calme pour relire mes notes, préparer un planning pour les différentes entrevues. Nous nous quittons au bas des escaliers.

Vers vingt et une heures, j'ai terminé. La nuit est douce aussi je décide de m'installer sur ma terrasse avec un bon livre. J'y suis depuis une trentaine de minutes quand j'entends mon prénom dans une conversation entre deux personnes sous mon balcon.

— Alors, ça se passe comment avec Abigaël ?

— Tu veux dire Madââââme Dorset, je suppose !

— Sérieux ? Tu n'as pas réussi à la dérider ? Je l'avais pourtant trouvée plutôt agréable quand je l'ai vue à l'aéroport. Très pro d'accord, mais pas inabordable.

— Pas inabordable ? Tu plaisantes ? C'est un véritable glaçon. Je reconnais qu'elle a l'air de savoir ce qu'elle fait. Par contre côté relations humaines, c'est pas possible ! À moins qu'elle aime les femmes. C'est vrai qu'avec Sylvie, ça semble bien se passer. Comme elle n'est là que pour quelques mois, je vais pas me casser la tête. Florence avait raison. C'est le type même de la divorcée cinquantenaire qui se retrouve seule et qui en veut au monde entier !

Les deux hommes s'éloignent. Je perds le reste de la conversation, ce qui me convient tout à fait. Le peu que j'en ai entendu me suffit !

Ma première réaction est de descendre pour remettre ce malotru à sa place. Ce qui n'est évidemment pas l'idée du siècle. Aussi je me calme avant de réfléchir à la meilleure manière de lui donner une bonne leçon !

5.

Le lendemain, je mets un soin particulier à ma toilette. Nouvelle robe, maquillage léger, sandales à petits talons. C'est parti pour l'offensive. Ce type a vraiment besoin d'être remis à sa place. Je ne vais pas m'en priver. Il ne va rien voir venir. Je vais employer la méthode Abigaël. La main de fer dans le gant de velours. C'est ce qui fonctionne le mieux avec ce genre de personnage imbu de lui-même.
Arrivée à la salle à manger, la chance est avec moi. Philippe est attablé, seul. Je me prépare un plateau, m'installe d'autorité en vis à vis.
— Bonjour, Monsieur Talbot. Je suis ravie de vous trouver ici. J'ai

justement besoin de votre aide, lui dis-je avec un grand sourire.

— Heu ! Bonjour. En quoi puis-je vous être utile ?

Voilà, j'ai réussi à le déstabiliser. Je continue sur ma lancée.

— Si ça ne vous ennuie pas, je compte sur vous pour me conduire en ville. Je souhaiterais voir ce que nous pourrions proposer à nos résidents comme visites, envisager aussi les partenariats possibles avec les artisans locaux.

— Je vous ai envoyé tout un dossier à ce sujet, vous…

— Je l'ai effectivement lu très attentivement ! C'était très intéressant, mais rien ne vaut le contact personnalisé. Vous n'êtes pas de mon avis ? Comme je suppose que vous connaissez tout le monde, ce serait plus facile si vous m'accompagniez ! Puis nous pourrons discuter en chemin. Je n'ai pas été très disponible ces premiers jours.

— Comme vous voulez, Madame Dorset.

— Oh, je vous en prie, appelez-moi donc Abigaël ! On se rejoint dans le hall d'ici une demi-heure. Ça vous convient ?

— Oui, c'est parfait. À tout à l'heure.

Le voilà qui file vers la sortie, me laissant seule à table, ravie de la tournure que prennent les choses.

Quand nous nous retrouvons devant la réception, il semble être remis de sa surprise. Je ne veux pas en faire trop non plus donc, nous rejoignons la voiture en silence. Une fois installée, je pose quelques questions sur les artisans qui figurent dans son dossier. Il m'explique comment il les a connus, ce qui l'a attiré. Je dois avouer que ça attise ma curiosité. Quand nous arrivons en centre-ville, je suis impatiente de rencontrer tous ces gens. Notre première visite est pour un potier. Je tombe immédiatement sous le charme de ses œuvres. J'en profite donc pour passer commande de quelques pièces. Le prochain artisan est un vannier. Nous passons ensuite dans l'atelier d'un ébéniste, dans une boutique à souvenirs, pour arriver enfin devant un magasin de tissus et vêtements, traditionnels ou non. Bien sûr, comme toute femme, je me laisse tenter. D'autant que je tombe sur une série de petites robes à croquer. Les coupes sont modernes, mais les étoffes sont d'inspiration ethnique. Elles forment un mélange étonnant. Je suis tellement sous le charme que j'en oublie la raison première de ma présence. Sans honte, je m'abandonne à mon enthousiasme. Je redescends sur terre face à la pile de tenues que j'ai sélectionnée. Ce n'est évidemment pas vers mon compagnon que je vais pouvoir me tourner pour un avis ! Encore moins quand je croise le regard abasourdi qu'il me lance. J'ai presque envie de lui demander s'il a vu un extraterrestre tant il a l'air surpris. Je me retiens difficilement d'éclater de rire !

Mais c'est à mon tour d'être gênée quand je le trouve devant ma cabine, après un ou deux essayages. Le regard appréciateur qu'il me lance me laisse perplexe.

Ma sélection terminée, mes achats payés, nous sortons de la boutique. Mais l'atmosphère entre nous a changé.

— Avant le marché, j'ai encore un artisan à vous faire découvrir, me dit-il en me conduisant vers une modeste échoppe. Je ne doute pas qu'il vous attire autant que le précédent.

Je suis sensible à la touche d'humour qui passe dans sa voix. Je lui réponds du tac au tac.

— Vous en êtes sûr ?

— Absolument certain !

Je ne peux que lui donner raison. Nous pénétrons dans une boutique de chaussures qui fleure bon le cuir.

Ici aussi, le métissage des styles me séduit. Je ne résiste pas non plus. Quatre paires de souliers plus tard, nous prenons le chemin de la place principale où se tient le marché. C'est une débauche de couleurs et d'odeurs. Fruits, légumes, épices se mélangent au gré des échoppes. Nous déambulons lentement dans un plaisant silence avant de nous poser à une terrasse pour une collation. Je suis affamée et mes multiples achats commencent à peser !

Quand nous sommes installés devant nos cocktails accompagnés d'une assiette de moreia à grignoter, je surprends à plusieurs reprises le regard de mon compagnon qui m'observe attentivement. L'ambiance entre nous s'est subtilement modifiée. Ayant vécu un bon moment, je n'ai aucune envie d'être désagréable.

— Je vous remercie pour cette visite. Je dois dire que j'ai passé une excellente matinée. J'ai même fait de remarquables trouvailles grâce à vous.

— Ravi que ça vous ait plu, Abigaël. Au fait, mon prénom, c'est Philippe.

— D'accord. Philippe, expliquez-moi comment vous avez déterré toutes ces merveilles.

— Oh, c'est une succession d'opportunités qui m'ont amené à rencontrer tous ces gens.

Je passe la demi-heure qui suit à l'écouter me raconter toutes ces histoires. J'y prends un réel plaisir. Je découvre chez mon vis-à-vis un talent de conteur né assorti d'un sens de l'humour prononcé. Je me laisse aller à rire de bon cœur. Le temps s'écoule agréablement. Sur le chemin du retour, je suis parfaitement détendue.

Arrivée au complexe, je quitte Philippe sur un grand sourire avec la promesse de nous retrouver le lendemain de bonne heure pour un débriefing.

Au moment de regagner ma chambre pour me délester de mes nombreux paquets, je croise Sylvie.

— Vous êtes rayonnante, Abigaël. Oh vous avez été au village ?

— Effectivement. Philippe m'a présentée à nos fournisseurs locaux et j'avoue que j'ai un peu craqué chez certains d'entre eux.

— Ah, Philippe vous a accompagnée. Je vois.

Je suis plutôt perplexe. Son ton m'alerte mais elle coupe rapidement court à mon inquiétude en m'expliquant qu'elle a fait la même chose à son arrivée. Elle ajoute.
— Philippe sort d'un divorce difficile. Malgré un abord de séducteur, il a beaucoup de mal à faire confiance à une femme, la sienne l'ayant beaucoup malmené.
Je suis plutôt perplexe. Pourquoi me dit-elle ça ? Il s'agit de la vie privée de notre collègue, ça ne me regarde en rien. De plus, cette description ne cadre pas vraiment avec le comportement du personnage, surtout quand je repense aux conversations que j'ai surprises, ou à notre escapade de ce matin. Je décide donc de rester malgré tout sur une certaine réserve. Voilà quelques

mois que j'ai réussi à m'affranchir d'une relation toxique. Je n'ai aucune envie de retomber dans le même piège.

— Ne vous en faites pas pour moi, Sylvie. Après ma dernière expérience, je ne suis pas prête à me laisser avoir par quelques gentillesses.

L'après-midi, consacrée aux dernières réunions de prise de contact, passe à une vitesse folle. Quand la journée se termine, je prends mon repas dans la salle commune en compagnie de Sylvie. La conversation glisse sur les uns et les autres. Comme elle me le demande, je reviens sur ma matinée en ville. Nous nous amusons beaucoup de mes réactions. Quand elle insiste une nouvelle fois sur le passé de Philippe et son manque de confiance, je m'interroge. J'ai vraiment du mal à comprendre sa démarche. Je viens d'arriver, je connais à peine mes collègues et je suis loin d'être une séductrice. Serait-elle jalouse ? Il faut vraiment que je veille au grain.

Les jours suivants sont bien remplis. Entre les derniers ajustements du chantier, la supervision des chefs d'équipes, le recrutement d'effectifs supplémentaires et sa formation, la préparation de la soirée d'ouverture, j'ai peu de temps pour me pencher sur mes états d'âme. Sylvie ne revient pas sur notre conversation. De plus, je constate avec plaisir que la relation avec Philippe s'améliore, en tout cas sur le plan professionnel.

Cela me convient parfaitement ! Après tout, nous allons travailler ensemble de nombreux mois encore alors autant que l'ambiance soit bonne. Même si je n'oublie pas les propos surpris à mon arrivée et ceux du lendemain sous mon balcon.

6.

Les semaines s'enchaînent rapidement. Je passe la majeure partie de mes journées avec Philippe et Sylvie. Dès que nous sommes ensemble, je les observe discrètement. Si au début, tout me paraît se dérouler parfaitement, au fil des jours, j'ai l'impression qu'il y a quelque chose qui ne va pas sans que j'arrive à mettre le doigt dessus. Je décide d'être encore plus attentive. C'est ainsi que je prends conscience des tentatives de séduction de Sylvie. Oh c'est très discret. Tellement que ça ne me laisse aucune possibilité pour intervenir afin d'y mettre fin. Philippe ne semble pas le remarquer, à mon grand soulagement. C'est à ce stade de mes réflexions que je me rends compte que mon attitude n'est pas beaucoup plus professionnelle que celle de Sylvie. Mais surtout que mon regard sur Philippe a changé. Il y a encore quelques jours, je le considérais comme un collègue plutôt déplaisant dont je devais absolument me faire respecter à défaut d'avoir une relation de travail agréable. Or voilà que tout à coup je m'inquiète de savoir avec qui il pourrait avoir une histoire ! Là, il y a un réel problème. Il est temps que je me ressaisisse ! Mais en ai-je envie ? Si je veux être honnête avec moi-même, la réponse à cette question est non. Certes je n'oublie pas ses commentaires méprisants du début. Cependant je dois avouer que j'ai agi de même en ajoutant foi aux allégations de Florence. Quand je me remémore notre première visite au marché, je dois reconnaître que j'ai été séduite par cette facette du personnage. Je suis loin d'être indifférente aux charmes de Philippe.

Voilà maintenant un peu plus de quatre mois que je suis arrivée au Cap. J'ai emménagé dans un des bungalows de fonction, à mi-chemin entre le bâtiment principal et la plage. Cette situation me permet d'être proche en cas de besoin, mais aussi de pouvoir m'isoler si nécessaire. Nous sommes à quelques semaines de l'ouverture officielle du complexe. La tension monte. Notre fournisseur habituel pour la literie nous a fait faux bond pour une partie de la commande. Nous remuons ciel et terre pour compléter nos réserves. C'est finalement notre marchande de tissus locale qui nous sauve. La qualité de ce qu'elle nous a livré est telle que je décide de remplacer l'entièreté du matériel pour la grande maison. Ce qui implique de repasser dans plusieurs chambres et bungalows. Je consacre donc le peu de temps libre dont je dispose à jouer les femmes de chambre. C'est ainsi que je reprends brutalement contact avec mon collègue à peine aperçu ces derniers jours. Et quand je dis brutalement… Nous nous télescopons à la porte d'un pavillon. Je ne l'ai pas vu venir, j'ai les bras encombrés d'une pile de draps et serviettes, que je lâche évidemment. Dans un même mouvement, nous

nous baissons pour ramasser le linge. Arrive ce qui doit arriver, on se bouscule, je finis sur les fesses ! Hormis mon postérieur, ma dignité en prend un coup, d'autant que Philippe, devant moi, se retient à grand-peine de rire ! Drapée dans ma fierté, je refuse son assistance pour me relever. Son air goguenard face à mes efforts pour retrouver la station debout me fait exploser.

— Quoi ? Ça t'amuse ? Vas-y, défoule-toi ! Paie-toi la tête de la grosse Mamie qui s'est affalée !

— Héééééé, calme-toi ! Je t'ai proposé de l'aide. C'est toi qui n'en veux pas !

— Évidemment ! Pour qu'en plus tu puisses me dire que je suis lourde ou tout autre compliment du même genre. J'ai déjà donné, merci ! Je préfère me débrouiller seule !

— OK. Dans ce cas, je te laisse. J'ai autre chose à faire que de supporter ta mauvaise humeur !

Je reste assise par terre pendant qu'il me tourne le dos, abandonnant le terrain. Je fulmine encore un instant, avant de mesurer l'absurdité de ma réaction. Je ne sais vraiment pas ce qui m'a pris. Ou plutôt si. Me retrouver dans cette situation ridicule m'a fait perdre toute ma confiance en moi. Qui plus est devant cet homme qui n'a déjà pas une opinion reluisante de moi. Même si ces derniers jours, nos relations se sont nettement améliorées. Cependant, je n'ai pas de temps à consacrer tout de suite à de l'introspection. Je rassemble donc le linge répandu, sauve ce qui peut l'être avant de passer au bungalow suivant.

Au souper, je n'aperçois pas Philippe. Selon Sylvie, qui est toujours bien renseignée sur ses faits et gestes, il est en ville pour une soirée détente « entre hommes » avec notre collègue Serge. Dans ce cas, les excuses attendront demain.

Avant que je puisse m'éclipser, Sylvie me questionne.

— Je peux peut-être t'aider ? Tu sais, je suis parfaitement au courant des dossiers. Autant que Philippe en tout cas.

Je suis interloquée. Son ton est plein de fiel.

— Je n'en doute pas un instant. En revanche, je ne comprends pas bien ta remarque.

— J'ai l'impression que tu ne t'adresses qu'à Philippe, que je ne compte pas.

Avant que je puisse lui répondre, elle ajoute.

— C'est vrai qu'il est bel homme. Méfie-toi. Il y en a plus d'une qui a succombé à son charme mais il n'en a regardé aucune.

Sur cette sortie, elle tourne les talons et s'en va.

C'est quoi ça ? Non mais quelle peste ! Ma parole, elle crève de jalousie. Si ce n'étais pas aussi ridicule, j'en rirais.

7.

Des coups violents, frappés à la porte de mon pavillon, me réveillent en sursaut. Mon cœur s'arrête un instant avant de se remettre à battre à toute allure. J'entends des grommellements à l'extérieur. Inquiète, je vais voir ce qu'il en est. Quand j'ouvre, je trouve, affalé par terre, ivre mort, un Philippe vociférant, agrippé fermement à une bouteille à moitié vide.

Dans un premier temps, je reste sans voix. Puis, je réalise que je suis debout, en nuisette, devant un homme complètement saoul, mon subordonné de surcroît ! Je veux donc rentrer quand Philippe s'accroche à ma cheville en bredouillant :

— Ah non, tu t'enf…, tu t'en…, tu pars pas ! Faut qu'on dichcut', dich…, faut qu'on parle, merde !

— Je ne crois pas non. Tu peux me lâcher s'il te plaît ?

— Non, je… veux… parler.

Son débit est lent, haché. Il tient toujours ma cheville d'une poigne ferme, à tel point qu'il me fait mal.

— D'accord, on va discuter si tu veux, mais tu dois me lâcher avant. J'ai froid, je souhaiterais juste aller chercher un gilet.

Il lève sur moi des yeux vitreux avant de siffler longuement.

— C'est à toi ces… zam… jambes ? Héééé tu dors pas en pyzama ?

Sa main desserre son emprise, commence à remonter sur mon mollet. J'en profite pour me dégager aussitôt et rentrer dans mon bungalow. Pas de bol, voulant me rattraper, Philippe s'écroule sur le seuil, moitié dedans, moitié dehors. Heureusement pour lui, pas sur la bouteille qu'il serre amoureusement contre lui. Sans m'en préoccuper davantage, je rejoins ma chambre, enfile rapidement un long peignoir puis reviens vers l'homme affalé sur le seuil. Il se redresse laborieusement, fait deux pas et s'assied ou plutôt se laisse tomber au sol. Quand j'arrive dans le champ de son regard vitreux, il me tend la flasque.

— T'en veux ? Je veux… bien… parta…

Je le coupe avant même qu'il n'ait fini d'articuler péniblement sa proposition.

— Non Merci ! Ce que je veux, c'est que tu sortes d'ici !
— Ça, ça va pas être possible !
— Bien sûr que si. Tu tournes tes jambes dans l'autre sens, tu avances de vingt centimètres et le tour est joué.
— Non !
— Comment non ?
— Zambes en plomb ! Fatigué !

Avant même que je puisse répliquer, Philippe se roule en boule autour de sa bouteille, ferme les yeux et s'endort d'un coup. Je suis sidérée ! J'ai déjà vu des gens sombrer rapidement dans le sommeil, mais là il bat tous les records. Quand j'essaie péniblement de le secouer pour le réveiller, je n'ai pour toute réponse qu'un ronflement sonore !

Heureusement pour moi, en bougeant, il a libéré le seuil de la porte que je peux donc clore. Comme je ne suis pas tout à fait mauvaise fille, je place sous sa tête un coussin puis le recouvre d'un plaid avant de regagner mon matelas. Je mets de longues minutes à me rendormir.

Je suis tirée de mon repos par le bruit de la chasse d'eau suivie de près par l'ouverture de la porte de ma chambre. Dans l'encadrement, une silhouette masculine se profile. Elle se dirige en titubant vers le lit et s'y étale. J'ai juste le temps de me glisser un peu sur le côté pour ne pas être écrasée. Je suis tellement surprise que je ne prends pas la peine de protester avant que mon compagnon, à moitié dans les vapes, me salue d'un « 'soir m'dam » puis se mette à ronfler ! Je ne sais pas si je dois m'indigner ou m'amuser de la situation. Une chose est sûre, je ne vais pas rester là. Juste quand je décide de quitter le lit, Philippe se retourne, m'entoure de ses bras, niche sa tête dans mon cou puis passe une de ses jambes sur les miennes. Me voilà coincée dans une étreinte qu'il resserre dès que j'essaie de me dégager ! Je reste sans bouger jusqu'à ce qu'à mon tour, épuisée, je finisse par me rendormir.

Quand mon alarme sonne, un grognement relativement indigné résonne dans mon oreille tandis qu'un bras atterrit sur ma poitrine, à la recherche d'un appareil à éteindre.

Ce contact inattendu réveille mon compagnon qui se redresse d'un bond.

— Abigaël ?! Qu'est-ce que tu fous dans mon lit ?

— C'est plutôt à moi de te poser la question ! C'est toi qui es dans mon lit, pas l'inverse.

Même si j'ai une folle envie de rire devant l'hébétude de mon vis-à-vis, j'adopte un ton polaire :

— Tu es venu frapper à ma porte au milieu de la nuit avant de t'écrouler dans mon salon ivre mort, puis d'envahir ma chambre sans permission. Quand j'ai voulu me dégager, tu t'es accroché à moi comme une bernacle à son rocher ne me laissant pas d'autre choix que de partager mon lit avec toi ! Et maintenant tu as l'audace de me demander ce que je fais là ? !

Philippe promène ses yeux autour de lui. Son expression, de plus en plus effarée, me montre qu'il appréhende progressivement la situation. Il me lance un regard consterné avant de se prendre la tête dans les mains et de pousser un long soupir.

— Abigaël, je ne sais pas quoi dire. Je suis désolé, vraiment.

— Excuses acceptées. Je suggère une bonne douche pendant que je fais un café ! Ça te va ?

— Heu d'accord. Merci

— Bon ben file alors, que je puisse me lever aussi.

— Ah ! Oui ! Bien sûr !

Dès que Philippe a quitté la chambre, j'attrape un legging ainsi qu'un long tee-shirt que j'enfile au plus vite avant de rejoindre le coin cuisine. Au passage, je chope la bouteille de bourbon à moitié vide, restée près de ma porte, dont miraculeusement pas une goutte ne s'est répandue sur le plancher de mon salon. Rapidement, une bonne odeur de café frais envahit la pièce. Je m'installe au comptoir, devant une tasse d'or noir fumant quand mon compagnon réapparaît. Hormis son teint un peu pâle, il a l'air relativement en forme. Il a beaucoup de mal à me regarder. Je lui fais signe de s'asseoir sur le siège en face du mien pendant que je lui tends son breuvage. Nous avalons quelques gorgées dans un silence embarrassé.

— Je suis navré, Abigaël, je ne sais vraiment pas ce qui m'a pris. Est-ce que nous, enfin je me suis montré…

J'hésite avant de lui répondre. Je décide de le rassurer tout de suite.

— Absolument pas. Tu étais trop imbibé pour ça ! Quant au fait d'être désolé, j'espère bien que tu l'es ! Au fait, tu as laissé ta conquête d'hier soir sur le seuil de ma porte. Je m'en voudrais de t'en priver !

Devant son regard effaré, je me sens d'humeur magnanime et lui désigne la bouteille que je viens de déposer face à lui.

— Cela dit, je te dois également des excuses pour hier après-midi. J'étais tellement mortifiée de m'être étalée à tes pieds que je me suis montrée très grossière vis-à-vis de toi.

— Ne t'en fais pas pour ça, j'avais compris. Malgré tout, ça ne justifie pas ma conduite. Je t'assure que ça ne se reproduira pas. Si ça pouvait rester entre nous, je t'en serais reconnaissant.
— Alors ça, je peux te le promettre ! Il est hors de question que quiconque apprenne que tu as passé la nuit dans mon lit. C'est tout à fait contre mes principes !
Le silence s'installe à nouveau. Nous terminons nos breuvages rapidement. Philippe se lève, toujours sans me regarder.
— Merci pour le café. Je vais te laisser. Bonne journée, Abigaël.
C'est sur ces mots que mon invité surprise quitte mon logement. Je range les tasses dans le lave-

vaisselle quand on frappe à la porte. Je vais ouvrir.

— Tu as oublié quelque chose ?

— Je ne crois pas non. Bonjour, Abigaël.

Sylvie se tient devant moi, avec mille questions dans les yeux.

— Oh ! Bonjour Sylvie. Désolée, je ne suis pas encore tout à fait réveillée. Nous avions rendez-vous ?

— Non, je suis juste venue t'avertir que Miguel voudrait te montrer quelques changements qu'il souhaite apporter au niveau des jardins. Il t'attend près de la piscine verte d'ici une demi-heure. Au fait, qui a oublié quoi ?

Je maudis ma spontanéité, mais c'est trop tard. Il va falloir que je trouve une explication convaincante !

— Heu personne. Je réfléchissais tout haut. Comme je te l'ai dit, je suis encore un peu dans les vapes. Je file sous la douche et j'arrive.

Le regard de Sylvie se porte derrière moi, inspectant la pièce, à l'affût du moindre détail insolite. Ne désirant pas donner prise au plus petit ragot, je l'invite à entrer. Heureusement pour moi, j'ai déjà rangé les tasses dans le lave-vaisselle. Sinon, Dieu seul sait ce que Sylvie en aurait déduit !

— J'ai fait du café, tu en veux ?

Au moment où je m'approche du comptoir de la cuisine, je vois la bouteille abandonnée par Philippe. Il me faut une raison à sa présence et vite !

— Je croyais que tu n'aimais pas le bourbon, me dit Sylvie en pointant le flacon des yeux.

— Effectivement. Je l'ai trouvée dans un buisson près de ma porte hier. J'envisageais de la rapporter au bar ce matin.

— Dans un buisson ? Vraiment ! Curieux. J'ai vu Philippe revenir avec une bouteille identique hier soir.

— Oh ! C'est peut-être lui qui l'a perdue alors.

— Ce serait étonnant. Ce n'est pas vraiment le chemin pour rentrer chez lui.

— Si tu le dis. Excuse-moi, mais il faut absolument que je me dépêche si Miguel m'attend. Le café est dans la machine, sers-toi. Je reviens dans une minute.

Je file à la salle de bains, consciente que ma justification est des plus foireuses. Douchée et habillée, je rejoins rapidement Sylvie. À la façon dont elle me dévisage, je sais qu'elle n'est pas dupe. Tentant de couper court à toute élucubration de sa part, je me lance.

— Écoute Sylvie, ce n'est pas du tout ce que tu peux imaginer.

— Abigaël, tu n'as pas à t'expliquer. Tu es adulte. Ce que tu fais de tes soirées ne me regarde pas tant que ça ne nuit pas au travail.

Son ton condescendant m'agace. Mais ce n'est pas ce qui me dérange le plus. Le coup d'œil intrusif qu'elle me lance après avoir inspecté les alentours à la recherche de je ne sais quel indice me laisse une impression désagréable.

— Mais je t'assure que…

— Je ne veux rien savoir. Quoi qu'il se soit passé, ça ne me regarde pas. Elle se détourne, avance vers la porte avant de reprendre :

— Tu viens ? Miguel t'attend ! Quant à moi, je dois voir la chef d'équipe des femmes de chambre pour la grande maison. Je te ferai un résumé tout à l'heure.

J'emboîte le pas à ma collègue, mais je compte bien ne pas en rester là. Même si je n'ai pas à me justifier, je ne tiens pas à ce que cet incident sape mon autorité ou donne lieu à des suppositions qui mettraient en péril mon éthique professionnelle.

Une bonne heure plus tard, les modifications proposées par Miguel adoptées, je prends le chemin du retour pour le déjeuner. Certains des collègues que je croise me regardent bizarrement. Quand j'entre dans le hall, Sylvie est en grande conversation avec la standardiste. Quand elle m'aperçoit, elle s'interrompt brusquement au milieu de sa phrase. J'en déduis que pour la discrétion, c'est fichu. Lorsque Philippe apparaît, son attitude à l'instant où il me voit ne laisse rien présager de bon.

Alors avant qu'il n'ouvre la bouche, je tonne :

— Philippe, dans mon bureau, tout de suite. Sylvie, vous suivrez dès que j'en aurai terminé avec Monsieur !

L'emploi du vouvoiement, cette attitude autoritaire qui ne me ressemble pas, fait que personne ne proteste.

Arrivée dans mon local, je m'installe, désigne un siège à mon interlocuteur après l'avoir enjoint à refermer la porte.

Cette fois, c'est lui qui gronde.

— Tu m'avais promis…

Je le coupe directement.

— Effectivement et je n'ai rien dit ! Seulement Sylvie est arrivée juste après toi, a vu la bouteille abandonnée dans ma cuisine, en a tiré des conclusions avant, semble-t-il de les partager !

— Pourquoi n'as-tu pas démenti ? Je sais que tu ne me portes pas vraiment dans ton cœur, depuis le début. Je n'ai d'ailleurs toujours pas compris pourquoi. Mais ça, c'est vraiment un coup bas !

— Mais puisque je te dis que je n'y suis pour rien !

— Je ne te crois pas ! Elle n'a quand même pas imaginé ça toute seule !

— Il semble que si ! J'ai passé la matinée avec Miguel pour des ajustements au niveau des jardins. Je viens tout juste de rejoindre la grande maison. Alors explique-moi quand j'aurais pu parler de toi à qui que ce soit !

— Tu viens de me dire qu'elle était arrivée chez toi juste avant que tu retrouves Miguel !

— Tu imagines vraiment que la première chose que j'aurais faite, c'est de me confier à elle ? Nous sommes loin d'être des amies, tu sais.

— Peut-être, mais vous vous entendez bien. C'est le principe entre femmes de ridiculiser les hommes, non ?

— Alors là ! Quel cliché ! Tu crois que je n'ai que ça à faire, alimenter les ragots ? Qu'en plus tu puisses accorder foi à de telles inepties, sincèrement ! Ça me dépasse !

Le ton est monté. Je suis tout à fait exaspérée devant l'attitude butée de Philippe. Ne voyant pas quoi faire d'autre, je vais jusqu'à la porte que j'ouvre violemment. Sylvie est juste à côté. Mon irruption la surprend.

— Entrez donc, vous entendrez mieux. De toute façon j'ai deux mots à vous dire. Pour votre gouverne, il ne s'est rien passé entre Philippe et moi. Il a échoué, ivre mort, devant chez moi hier soir. Comme il n'était pas en état de rejoindre son logement, je l'ai installé sur mon canapé où il a cuvé son bourbon jusqu'à ce matin. Que vous le croyiez ou non, c'est ainsi que les choses se sont déroulées. À partir de maintenant, je ne veux plus entendre parler de cet incident. Est-ce clair ? Je vous laisse la journée pour rétablir la vérité auprès des collègues. Si vous vous trouvez encore dans une situation étrange, évitez de répandre des ragots. Le type de poste que vous occupez est tout à fait incompatible avec une attitude de ce genre. Vous me comprenez ?

Sylvie hoche la tête sans un mot. La menace sous-entendue est très claire. Je n'ai aucun remord à la proférer.

— Parfait. Vous pouvez retourner à votre travail, Sylvie, je ne vous retiens pas. Philippe, allons déjeuner. Je dois vous parler de ce que nous avons envisagé de modifier avec Miguel ce matin.

Quand j'apparais dans le hall, tout le monde se disperse. J'ai attaqué Sylvie avant qu'elle ne ferme la porte et parlé assez fort pour que tous puissent entendre. J'espère que ça suffira à calmer les esprits, que chacun en tirera les leçons qui s'imposent.

8

À table, l'ambiance est un peu tendue. Heureusement, les projets de Miguel de modifier la composition de certains espaces verts alimentent la conversation. Je détaille à Philippe l'ensemble des changements. Ils permettront de gagner du temps sur l'entretien des massifs sans altérer l'impression visuelle initialement prévue. Mon interlocuteur n'étant pas plus que moi versé en horticulture, le sujet s'essouffle rapidement. Nous retombons dans le silence jusqu'à la fin du repas.

Nos assiettes avalées, nous quittons la table toujours sans un mot. En traversant la salle à manger, j'ai la désagréable sensation que tous les regards sont braqués sur nous, sentiment renforcé quand je surprends quelques personnes qui baissent les yeux à notre passage. Je peste intérieurement. Cette idiote de Sylvie a réussi à bousiller plusieurs mois de mise en confiance de l'équipe. Il va me falloir des jours voire des semaines pour rattraper ça !

Je reste tout l'après-midi dans mon bureau, penchée sur les derniers dossiers difficiles. Je travaille depuis déjà un long moment quand on frappe discrètement à ma porte. La tête de Sylvie se profile dans l'entrebâillement.
— Je peux ? me demande-t-elle timidement.

— Oui. De toute façon, je souhaitais vous voir. Autant faire ça tout de suite.

Mon ton est froid, limite glacial. Il est impératif qu'elle se rende compte qu'elle a largement merdé ce matin, que je ne suis pas prête à lui pardonner.

— Je voulais m'excuser pour tout à l'heure. Je n'ai pas vraiment réfléchi…

— Effectivement, d'autant que vous n'avez absolument pas écouté ce que je vous disais. Vous comprendrez qu'il me faudra du temps pour vous faire à nouveau confiance. En plus, vous occupez un poste où la discrétion est primordiale. La vie privée de nos clients doit le rester. Par conséquent, ce type d'attitude est incompatible avec votre fonction.

Il en va de même de celle de vos collègues. Propager ce genre de rumeur risque de nuire fortement à la cohésion de l'équipe, ce qui est grandement préjudiciable à l'entreprise. Ce qui veut dire que je vais vous avoir à l'œil. À la moindre récidive, je vous vire ! Est-ce assez clair pour vous ?

— Oui. Je suis vraiment désolée. Je t'assure que ça ne se reproduira pas.

— Je l'espère pour vous parce que mon avertissement est très sérieux. Je n'aurai pas d'état d'âme si je dois me débarrasser de vous, sachez-le. Maintenant, retournez à votre travail. J'ai encore beaucoup à faire ! Une dernière chose. Comme je ne peux pas avoir confiance, nous allons revenir à des relations plus formelles. Quand vous devrez vous adresser à moi, ce sera donc « vous » ou « Madame Dorset » jusqu'à nouvel ordre !

Je fais mine de replonger dans mes papiers, mais je l'observe discrètement quand elle sort la tête basse. Si son attitude me laisse espérer que la leçon a porté, je m'en méfierai quand même.

Comme je suis fatiguée, que j'ai bien avancé, je décide d'en rester là et de rejoindre la terrasse pour me détendre un peu. Je chope au passage une cruche de jus de mangue et un verre, quelques morceaux de fruits avant de m'installer sous un parasol avec un bon livre.

Je sirote mon breuvage depuis un petit quart d'heure quand une ombre se profile, masquant la lumière. Je lève les yeux, prête à fustiger l'intrus. Je me rends compte que c'est Philippe qui est devant moi. Encore sous le coup de mon altercation avec ma collègue, ne m'attendant pas à le voir là, je reste bouche bée, incapable de prononcer un mot.

— Je peux ? me demande-t-il en montrant le second siège.

— Heu… Ah… Oh oui, évidemment !

Je me sens un peu bête à balbutier de la sorte. Après tout, je n'ai rien fait de mal !

— Je voudrais vraiment m'excuser pour hier soir, je ne sais pas trop ce qui m'a pris de débarquer chez toi comme ça. Ainsi que pour mon attitude de ce matin. Je n'aurais pas dû mettre ta parole en doute.

— Si tu attends une réponse de ma part, il te faudra repasser ! À part un tissu de conneries et de déclarations d'ivrogne, tu n'as pas dit grand-chose hier !

Ma repartie augmente encore sa confusion, ce qui est le but recherché. Après tout, c'est lui qui m'a placée dans cette situation.

— Au fait, ta compagne de libation est toujours sur le comptoir de ma cuisine. Tu veux la récupérer ou tu vas l'abandonner ?

— Ma compagne ? Je ne suis pas venu tout seul ? Sur le comptoir de ta cuisine ?

— Hé non ! Comme les plans à trois, aussi bons soient-ils, ce n'est pas trop mon truc, je te restituerai volontiers ton flacon !

— Mon flacon ? Je suis perdu là !

Devant sa confusion, j'éclate de rire. Quand je me calme enfin, je précise :

— Mais oui. C'est une bouteille que tu as abandonnée, pas une femme ! Je te l'ai présentée ce matin. Tu as oublié ? À mon tour d'être désolée, mais l'occasion était trop belle !

— Je vois ! Bon, c'est de bonne guerre. J'espère que je n'ai pas été tout à fait incorrect. Je dois avouer que les souvenirs que j'ai de cette fin de soirée sont plutôt confus !

— C'est sans doute mieux ainsi. Il y a des choses dont il est préférable de ne pas se rappeler !

— Sincèrement ? C'est si grave que ça ?

— Oh ! Non, pas du tout ! Je parlais en général, pas pour hier. Tu étais

plus drôle que vraiment irrévérencieux !
— Drôle ? ! Moi ? !
— Mais oui. Une fois passé le premier choc, évidemment ! Rassure-toi, je ne compte pas confier ça à qui que ce soit d'autre. Je pense que Sylvie saura également tenir sa langue, vu notre dernier entretien !
— Ça, j'en suis moins sûr que toi !
— Elle n'aura pas le choix si elle envisage vraiment de garder son poste. On ne peut pas se permettre d'avoir une concierge qui divulguerait tous les dessous de la vie de nos clients dans un établissement tel que le nôtre. Quant aux ragots sur les collègues, ils sont tout à fait déplacés. En plus, ils risquent de nuire à la bonne marche de l'équipe ! Je le lui ai bien fait

comprendre. Je te conseillerais d'en faire de même d'ici quelque temps, en piqûre de rappel. Après tout, ce sera toi le patron quand j'aurai rejoint la maison mère !

— Vu comme ça, tu n'as pas tout à fait tort.

— Ravie que nous soyons sur la même longueur d'onde. Autre chose ? Sinon, je considère que l'incident est clos.

— Ah ! Euh ! Oui…

— Oh je t'en prie, je n'ai aucune envie de revenir là-dessus. Tu as fait amende honorable, j'ai accepté tes excuses. On n'en parle plus !

Devant le ton qui monte, Philippe bat en retraite. J'en suis soulagée. Je ne souhaite absolument pas lui rappeler ce qui est arrivé. Surtout, je ne tiens pas à ce qu'il devine que passer la nuit dans ses bras m'a troublée, même si nous n'avons fait que dormir.

128 ABIGAËL

9

Il reste beaucoup à faire. J'en suis à un peu plus de la moitié de mon séjour. Si certains dossiers sont bien avancés, voire terminés, d'autres en sont encore loin.

C'est ainsi que ce matin, j'ai rendez-vous avec Philippe et le responsable des sanitaires au complexe de balnéothérapie.

— Bonjour, Messieurs. Alors, quel est le problème ?

— Une erreur de livraison ! Ce qui implique que nous allons devoir retarder le carreleur, les peintres, de même que toute l'installation du mobilier.

— Je vois. Vous avez vérifié que la faute ne vient pas de chez nous ? Philippe ?

— Elle est entièrement imputable au prestataire, je m'en suis assuré.

— Alors, pas de sentiment. Philippe, tu contactes la firme, tu la mets en demeure de nous fournir le matériel commandé sous huitaine. Avions-nous prévu des indemnités de retard dans le contrat ?

— Oui, bien sûr.

— Dans ce cas, rappelle-leur qu'elles existent et que nous n'hésiterons pas à les appliquer. José, d'après vous, de combien de temps disposons-nous avant d'être vraiment en retard ?

— J'ai inclus deux à trois semaines supplémentaires dans le planning pour des cas de ce genre. Nous serons encore dans les délais si le matériel arrive d'ici quatre jours. Je préviens tout de suite les carreleurs et les peintres du changement de programme. Afin d'éviter les incidences sur le reste du chantier, je suggère de les affecter aux salles d'eau des bungalows de cette zone cette semaine. On a les stocks pour, on inversera juste le planning.

— Excellente idée José. Malgré tout, nous devons quand même intervenir auprès du fournisseur. Philippe, je te propose que nous relisions les contrats ensemble avant de rédiger la mise en demeure.

Sur le chemin du retour vers la grande maison, Philippe m'interpelle.

— Tu n'as plus confiance en moi, Abigaël ?

— Bien sûr que si ! Pourquoi cette question ?

— Parce qu'apparemment, je ne suis pas assez fiable pour relire un accord sans ta supervision !

— Oh ! Ce n'est absolument pas ce que je voulais dire ! C'est juste qu'à deux, on a plus de chance de repérer les failles, s'il y en a !

— Je vois. Tu appliques le principe « Il y a plus dans deux têtes que dans une » !

— Exactement ! Ça te dirait de travailler dehors ?

— Oui, absolument.

— Dans ce cas, peux-tu nous ramener du jus ainsi qu'une grande bouteille d'eau pendant que je vais chercher le dossier dans mon bureau ?

— Avec plaisir !

Quand je rejoins Philippe sur la terrasse, il nous a installé une desserte avec de l'eau, des jus, accompagnés de morceaux de fruits et de délicieux petits flans à la vanille à grignoter tout en bossant. Je lui tends une des copies du contrat que nous lisons en silence. Il a été remarquablement libellé ce qui nous permet de dégager très vite les arguments à employer. Aussi entamons-nous rapidement la rédaction de nos doléances.

Pour travailler plus efficacement, nous avons rapproché nos sièges si bien que nous ne pouvons faire autrement que de nous frôler. Une légère décharge électrique me fait sursauter. Devant ma réaction, Philippe s'exclame avec emphase :
— Josépha ? !
Je lui réponds du tac au tac

— Oh, Cruchot, du calme ![1]

Nous éclatons de rire, ce qui achève d'alléger l'atmosphère restée tendue après ma mise au point au début de la réunion.

Je suis troublée. Je profite de cet instant de détente pour observer mon compagnon à la dérobée avant que mes yeux ne croisent les siens qui eux me scrutent avec attention. Ce que j'y vois me perturbe. Je n'arrive pas à déchiffrer le mélange d'émotions qui y passe. Nous restons figés ainsi durant quelques secondes. Puis je brise cet échange silencieux.

— Philippe, je te laisse le soin d'envoyer ce mail. Après tout, c'est toi qui devras gérer les suites !

---

[1] Clin d'œil au film *Le gendarme se marie*

J'ai un peu haussé le ton parce que j'ai la désagréable sensation d'être observée. À l'instant où je me retourne, cette impression est confirmée. Sylvie, encore elle, est installée non loin de nous. Je la surprends régulièrement à nous espionner depuis l'incident avec Philippe. Malgré la pile de dossiers posée devant elle, je ne suis pas certaine qu'elle soit là uniquement pour travailler, surtout quand son regard évite le mien. Il faut vraiment que je la tienne à l'œil ! Même si je ne comprends pas ses motivations. À moins qu'elle n'ait des vues sur mon vis-à-vis, elle n'a rien à gagner à ce petit jeu ! Il me semblait pourtant avoir été claire il y a quelques jours ! Si je dois à nouveau enfoncer le clou, je n'hésiterai pas à le faire. D'ailleurs, pourquoi ne pas commencer immédiatement ? Je me retourne derechef, regarde ostensiblement ma collègue avant de l'apostropher.

— Venez donc nous rejoindre, Sylvie. D'abord vous entendrez mieux. Puis il y a une ou deux choses dont je voudrais discuter avec vous !

Avant que Philippe ne proteste sur ma façon de faire, je lui dis tout bas :

— Elle nous espionne depuis un moment déjà. Je n'apprécie pas ça du tout. Regarde bien, tu verras que j'ai raison. Je désirerais d'ailleurs t'en parler un peu plus tard.

— Mais… Je ne…

— Arrêtez de bredouiller, Sylvie, asseyez-vous donc. Je souhaiterais que vous étudiiez ce dossier et que vous preniez le relais avec Philippe.

— Mais je n'y connais rien en plomberie !

— Moi non plus. En revanche, je m'y entends en contrats et indemnités. Si vous voulez progresser dans votre carrière, il va vous falloir apprendre ça. À moins que les ragots vous suffisent ? Si c'est le cas, je vous engagerais à changer de métier pour vous orienter vers la presse people parce que je vous l'ai dit, au poste que vous occupez, la réserve est la qualité première !

Ma collaboratrice se tait. Il est de toute façon un peu tard pour protester. De plus mon ton cassant n'aide pas ! Elle s'installe avec nous et nous faisons le point sur les dossiers en cours pendant une bonne heure. Je ne peux m'empêcher de la surveiller. Ce que je vois m'interpelle. Chaque fois qu'elle en a l'occasion, elle dévore notre collègue du regard. Ça, je m'y attendais. Mais je surprends aussi quelques œillades incendiaires lancées vers ma personne. Cela me trouble. Je n'ai pas manifesté d'intérêt particulier pour Philippe, en tout cas autre que professionnel. Si les relations se sont améliorées entre lui et moi, je ne lui ai pas donné de raison d'être jalouse.

J'en suis là dans mes réflexions quand ledit Philippe me tire de mes pensées.

— Abigaël, tu es encore avec nous ?
— Pardon. Je songeais à autre chose. Tu peux répéter ?

— J'ai vu ça oui, me lance-t-il sur un ton railleur. Nous en avons fini. Sylvie demandait si nous déjeunions ensemble.

— Excellente idée. Au fait, la salle à manger du personnel est terminée. J'ai donné pour instruction de nous y installer à partir d'aujourd'hui. Sylvie, vous pourriez aller vérifier si tout est prêt ? Et nous réserver une table du coup ?

— Certainement. Je vous laisse évidemment.

L'intonation pleine de sous-entendus de même que le regard qu'elle me lance sont plutôt explicites. Philippe cette fois est alerté. Quand elle semble suffisamment éloignée pour ne plus nous comprendre, il me dit baissant malgré tout la voix :

— Tu avais raison. Je n'aime pas du tout le ton qu'elle a employé. Je vais devoir discuter avec elle.

— Je le crois aussi ! Si tu veux mon avis, le plus tôt sera le mieux. Surtout si vous continuez à travailler ensemble. Dis-moi, tu n'avais pas conscience qu'elle était attirée par toi ou c'est récent ?

— Je n'y avais jamais fait vraiment attention jusqu'ici, mais quand je repense à certaines situations, je me rends compte que ce n'est pas nouveau.

— Comme quoi par exemple ?

— Oh rien de particulièrement flagrant en fait. Des regards, des sourires, des effleurements peut-être un peu trop appuyés. Quelques remarques à double sens aussi que je n'aurais sans doute pas dû traiter à la légère. Ça me semblait tellement anodin que je n'ai jamais relevé ni mis le holà.

— Je comprends. C'est l'illustration parfaite du postulat qui affirme que le tout vaut plus que la somme des parties !

— On peut dire ça, oui. Quoi qu'il en soit, je vais devoir remettre les pendules à l'heure. J'avoue que ça ne m'enchante pas.

Sylvie revient sur ces entrefaites et nous annonce que notre table est prête. Nous la rejoignons donc.

L'ambiance pendant le repas est des plus lourdes bien que j'essaie d'entretenir une conversation sur le mode « dîner-réunion ». J'ai la désagréable impression d'être sous microscope, chacun de mes gestes étant analysé, disséqué par une

Sylvie à l'affût du moindre faux pas. Je me demande si mon compagnon ressent la même chose !

Une petite heure plus tard, le calvaire prend fin. J'abandonne le terrain sous prétexte d'une envie pressante. Je file vers mon bungalow.

10

Arrivée chez moi, je regarde l'heure. Quatorze heures trente, ce qui fait huit heures et demie en Belgique. J'ai besoin de me changer les idées, d'avoir un avis éclairé sur la situation. Qui de mieux que Laurence pour ça ?
Je m'assure qu'elle a un peu de temps avant de lancer un appel.

Bonjour, ma belle. Ça va ?
Hé, mon exotique préférée. Ça va et toi ?

Tu as du temps pour moi ?
Toujours. Le dragon ne sera pas là avant 10 h, elle est en réunion à l'extérieur. Qu'est-ce qui se passe ?
Trop long à expliquer par message.

Skype ?
Donne-moi dix minutes

Parfait. À tout de suite

Je profite des dix minutes accordées pour préparer quelques dossiers dont j'aimerais aussi discuter avec mon amie. Comme ça, si on nous surprend, on pourra se justifier. J'ai à peine formulé cette réflexion que je me fustige. Nous ne sommes plus des enfants. De plus, l'attitude de Sylvie est avant tout un souci professionnel si son envie de relation avec Philippe devient problématique au niveau du boulot. De même que sa propension à propager des ragots qui est strictement incompatible avec la fonction qu'elle occupe. Comme je suis fâchée contre elle, je préfère recourir à un avis neutre.

Quand la liaison est établie avec Laurence et que nous en avons fini avec les nouvelles personnelles, je lui raconte le plus impartialement possible les derniers événements. Au moment où je lui narre l'épisode où mon collègue bourré débarque et s'installe chez moi, elle n'en peut plus. Elle est en larme tant elle rit. Il est vrai que j'ai présenté les choses sous l'angle comique. Mais mon amie me connaît bien. Aussi, quand enfin elle se calme, j'ai droit à LA question, celle que je voulais éviter à tout prix :

— Et toi, ça t'a fait quoi de le retrouver dans ton lit ce matin-là ?

— En fait... Je ne sais pas trop !

— Comment tu ne sais pas trop ! Y'a pas cinquante possibilités !

Tu as aimé, pas aimé, il t'a dégoûtée, tu l'as trouvé mignon/sexy au réveil ?

— Stop. OK à part le dégoût, c'est un peu tout ça à la fois. Il est effectivement très mignon et sexy, j'ai apprécié d'avoir dormi dans ses bras même si ce n'était pas mon choix. J'ai adoré aussi son attitude. Embarrassé certes, mais prêt à assumer et à présenter des excuses. Je ne l'imaginais pas du tout comme ça !

— Donc bonne surprise de son côté.

— De son côté oui. Par contre, la Sylvie, je la vois de plus en plus comme Florence chez nous. Elle fait belle belle tant que tu ne lui fais pas de l'ombre, mais si elle te trouve sur son chemin tous les coups sont permis !

— Alors soit tu la recadres, soit tu laisses couler. Si Philippe ne t'intéresse absolument pas, tu dois le lui faire comprendre, mais aussi lui faire prendre conscience que son attitude n'est certainement pas adéquate. Maintenant, s'il t'a tapé dans l'œil, tu te bats ! En plus tu as toutes les cartes en main pour neutraliser la Sylvie, non ?

— Là tu vas un peu loin. Ce serait de l'abus de pouvoir ! Pas professionnel du tout !

— Et son comportement à elle, il est professionnel peut-être ? Propager des rumeurs sans même avoir surpris quoi que ce soit, vous surveiller, elle en a le droit ?

— D'accord, ne t'énerve pas. Cependant, ce n'est pas parce

qu'elle se conduit de cette façon que je dois le faire aussi !

— En amour comme à la guerre, ma belle, tous les coups sont permis !

— Sauf si ça met en péril mon avenir au sein du bureau. Tu sais pertinemment que je ne peux pas perdre mon boulot. J'ai une maison à rembourser et un ex qui m'a largement entubée lors de notre divorce !

— Désolée. Tu as raison. Mais tu me connais. Je m'emballe et j'oublie parfois un peu que tu ne peux pas te permettre certaines choses. Ceci dit, tu n'as pas répondu à ma question. Tu en es où avec Philippe ?

— Je ne sais pas trop.

— Il t'attire ou pas ?

Je ne sais pas quoi dire. Devant ma mine perplexe, mon amie enchaîne :

— Pour moi, il n'y a pas de doute, tu es séduite. Sinon pourquoi serais-tu autant exaspérée par l'attitude de ta collègue ?

— Il y a des tas d'autres explications pour ça !

— Cite-m'en une.

— Ce n'est pas professionnel.

— Tu veux que je te rappelle les statistiques sur la formation des couples ?

— Peut-être, mais quand même.

— Si je suis ton raisonnement, tu peux me dire pourquoi tu n'es pas montée sur tes grands chevaux pour Marc et Adeline ?

— Ce n'est pas pareil !

— Tout à fait d'accord avec toi. Marc t'est complètement indifférent !

Je dois avouer que la réplique de Laurence me laisse sans voix. Quand Marc, qui travaille à la compta, a annoncé ses fiançailles avec Adeline, la secrétaire de notre boss, je n'ai rien trouvé à redire. Au contraire, je me suis réjouie pour eux. J'avais surpris certaines œillades entre eux, des mois plus tôt. Je n'en avais parlé à personne, encore moins à eux. Après tout ça ne me regardait pas.

Alors, si mon amie avait raison ? Si je ne voulais pas reconnaître que j'étais attirée par Philippe ? Il faut vraiment que j'y réfléchisse ? Aussi je mets fin à notre conversation en promettant à Laurence de la recontacter bientôt. De toute façon, si je ne le fais pas, elle se rappellera à mon bon souvenir, je n'ai aucun doute là-dessus !

Comme je n'ai aucune envie de rencontrer mes deux collègues et que, je dois l'avouer, ma discussion avec Laurence a ébranlé ma belle assurance, je décide de profiter des infrastructures *Bien-être* du complexe. Je contacte Marjorie, la directrice du centre Thalasso, convient avec elle de le retrouver une demi-heure plus tard pour un soin complet. Cet intermède me sera très utile pour cogiter. Puis comme je dois tester tous les services, c'est l'instant idéal !

Confortablement installée sur la table de massage, je laisse mon esprit vagabonder.

Sans surprise mes pensées filent vers mon collègue. Bilan de cette introspection : il ne
m'est pas indifférent mais rien ne me laisse envisager que la réciproque est vraie.
Quoique. En revanche, la Sylvie ne l'intéresse absolument pas. Pourquoi elle me voit
comme une rivale ? Mystère.
Aurais-je loupé l'un ou l'autre signe ? Il faut dire que je suis assez douée pour ça. Un
mec se baladerait devant moi avec une pancarte déclarant « Abigaël, je t'aime » que je
me demanderais encore quelle est la fille chanceuse qui a réussi à trouver un homme
pareil !

D'autres questions m'assaillent. Si Philippe est effectivement intéressé par moi, quelle
place me réservera-t-il dans sa vie et réciproquement ? Une aventure de quelques
jours, quelques mois ? Une relation sur le long terme ? Me voilà avec plus d' interrogations que de réponses.

Un rappel à l'ordre de Marjorie met fin à cette introspection. Elle a raison. Si je veux profiter du traitement, il faut que je me détende, que je me vide la tête. Je me laisse donc aller au son de la musique douce, au contact des mains expertes de l'esthéticienne. J'arrive bientôt à un état de béatitude bienvenu. Après le massage, un soin du corps et du visage termine la séance. Un passage au salon de coiffure achève de me remettre sur pied. Quand je sors de l'institut, je suis prête à conquérir le monde, du moins c'est ce que je croyais. Parce que quand je croise l'objet de mes dernières introspections, je vire au pivoine, comme une collégienne ! Qu'est-ce qui m'arrive ? Il ne manque évidemment pas de le remarquer.

— Abigaël, ça va ? Tu n'as pas l'air bien !

— Si si, tout va bien. C'est juste la chaleur dans le salon de coiffure, je pense. Tu me cherchais ?

— En fait oui. Je voulais discuter avec toi de ce que je vais devoir faire avec Sylvie. On ne peut pas continuer comme ça. Dès l'instant où tu nous as quittés, elle m'a encore posé des questions sur ce qui s'était passé quand j'ai échoué chez toi. Pas directement. C'était plutôt des insinuations pour essayer de m'arracher des confidences.

— Je vois ! Nous ne pouvons pas discuter de ça ici. Ni dans ton bureau ou le mien, étant donné que les murs ont des oreilles !

— On peut aller chez moi. Ou chez toi.

— Certainement pas non. Une fois m'a suffi. Je n'ai pas envie de faire encore l'objet des spéculations des collègues ! Voici ce que je te propose. Je dois inspecter le dernier bloc de logements du personnel près de la piscine à vague. Je vais chercher mon dossier et on s'y rejoint, disons d'ici une demi-heure. Ça te va ? Nous serons tranquilles pour discuter et on aura ainsi une bonne excuse.

Je ponctue ma phrase d'un clin d'œil complice.

— Parfait. C'est aussi dans ma liste de tâches. On fera d'une pierre deux coups !

Nous nous séparons. Arrivée à la grande maison, je me dirige vers mon bureau quand je suis interpellée par Sylvie.

— Madame Dorset, je peux vous voir un instant ?

— Dans deux minutes.

Mon ton est sec. Elle m'agace. J'ai maintenant l'impression qu'elle me surveille constamment. C'est franchement désagréable. Ainsi, elle m'emboîte le pas quand je rejoins mon local, reste à m'observer sur le seuil pendant que je prépare les

documents dont je vais avoir besoin. Lorsque je lui fais signe d'entrer, je vois bien qu'elle essaie de lire le nom du dossier que je viens de sortir. Aussi je le range à l'envers sur un coin de table tout en l'invitant à s'installer.
— Que puis-je pour vous, Sylvie ?
— J'ai terminé les entretiens préliminaires pour les postes de réceptionnistes qui restent à pourvoir. Je souhaiterais examiner les différentes candidatures avec vous pour établir une première sélection. Il y a dix postulants intéressants et…
Je l'interromps de suite.
— Ne m'en dites pas plus. Là je suis attendue. Je vous propose de me laisser vos dossiers. Mettez-les dans mon casier, je les trouverai en

rentrant. Je les lirai ce soir et nous réserverons l'après-midi de demain pour en discuter. Ensuite nous verrons. Autre chose ?

— Non. Vous voulez que je vous accompagne pour…

Les points de suspension sont clairs, elle brûle de savoir où je vais aller. Mais elle va rester sur sa faim !

— Certainement pas, je n'ai absolument pas besoin de vous pour ce que je dois faire maintenant. Par contre, ce qui me serait utile, c'est que vous établissiez tout de suite un planning pour les futurs entretiens. Je peux dégager deux journées au début de la semaine prochaine. Si vous pouviez mettre votre proposition avec les CV, ce serait parfait. À plus tard, Sylvie.

J'attrape mon dossier en prenant soin de lui en masquer l'intitulé avant de me diriger ostensiblement du côté des toilettes. Je verrouille la porte de mon bureau. Si elle n'a toujours pas saisi qu'elle n'a pas récupéré ma confiance, elle ne comprendra jamais !

Quand je repasse dans le hall, elle n'est plus là. Je sors rapidement, prends le chemin de mon bungalow avant de bifurquer vers le lieu de mon rendez-vous. Je me sens un peu parano de faire ce léger détour, mais l'attitude de ma collègue est tellement invasive que je ne peux pas m'en empêcher !

160 ABIGAËL

11

Quand j'arrive au lieu de rendez-vous, Philippe est déjà là. Il est accompagné du chef de chantier et de… Sylvie ! Je stoppe net, la fusille du regard. Heureusement elle me tourne le dos, trop occupée à essayer d'attirer l'attention des deux hommes présents. Je reprends ma marche. Au moment où je parviens à leur hauteur, elle se met à glousser, pose sa main sur le bras de Philippe. Ce dernier se dégage ostensiblement. Du coup, la « dinde » se retourne. Elle change de couleur quand elle me voit. Je ne lui laisse pas le temps de trouver une excuse à sa présence, j'attaque !

— Sylvie ! Les dossiers dont je vous ai parlé sont déjà terminés ? À moins que vous n'ayez eu une communication urgente à nous transmettre ? Oui, non ?

Elle vire au rouge avant de se redresser, prête au combat. Je coupe court.

— Alors ? Si vous n'avez rien à ajouter, pouvez-vous s'il vous plaît aller me préparer les documents pour le recrutement ? Il ne reste que peu de temps et il faudra en prendre un peu pour former les nouveaux venus. À moins que vous ne doutiez de vos compétences pour mener ce travail à bien. Auquel cas, n'hésitez pas à m'en faire part. Je pense que Julie serait ravie de le faire !

Ça, c'est un coup bas, mais je n'en ai cure. Julie et elle étaient en compétition pour le poste de chef. Je ne sais pas pourquoi le choix s'est porté sur Sylvie. Mais je compte arriver à changer la donne si cette dernière persiste dans son attitude. Là, elle est matée. Elle a compris l'avertissement ! Elle abandonne le terrain sur ces mots :

— Je m'en occupe immédiatement, Madame Dorset. Vous trouverez tout ce dont vous aurez besoin sur votre bureau à votre retour.

Sans plus me préoccuper d'elle, je me tourne vers mes collaborateurs.

— Parfait. Si nous commencions cette visite ? Charles, il me semble que nous avions décidé de mettre des couleurs différentes dans les bungalows, histoire de les égayer un peu. Après tout, ce sont nos collègues qui vont y vivre. Autant leur prévoir un cadre agréable. Vous avez fait une sélection ?

La conversation se poursuit à l'intérieur du premier bâtiment. Quand nous avons pris toutes les décisions qui s'imposent, Charles nous abandonne. La question du mobilier n'est pas de son ressort d'autant que nous hésitons encore à meubler ou non ces habitations. Finalement, Philippe et moi tranchons. Un minimum sera fourni. Le futur occupant complétera en fonction de ses goûts et de ses besoins. Ce dossier réglé, il reste le cas « Sylvie » à aborder. Aucun de nous n'a envie de lancer la première salve aussi le silence s'installe. Au bout de quelques minutes, j'envisage de commencer quand Philippe me prend de cours.

— Je dois reconnaître que tu avais tout à fait raison pour Sylvie. Son attitude tout à l'heure ne laisse planer aucun doute !

— Effectivement. Ceci dit, je me demande comment elle a su où te trouver.

— C'est Charles qui a vendu la mèche. En même temps, pour l'avoir déjà vue à l'œuvre, elle n'a pas son pareil pour obtenir des informations !

— Oui, j'avais remarqué aussi. Ça pourrait être un atout pour son boulot si seulement elle s'en servait à bon escient plutôt que pour colporter des ragots ! J'avoue que comme il va falloir repenser l'organisation du pôle réception, j'envisage sérieusement de donner son poste à Julie.

— Si tu fais ça, je crains que Sylvie ne claque la porte avec perte et fracas !

— Je n'en ai rien à faire. Si elle ne sait pas déjà maintenant se montrer discrète, qu'elle drague tout ce qui porte pantalon, tu t'imagines le désastre quand on va ouvrir ? On ne peut pas se le permettre. Alors, autant trancher de suite avant de se retrouver dans une situation dramatique.

Philippe me regarde avant de me prendre par surprise avec une question loin d'être anodine.

— Dis donc toi, tu ne serais pas un peu jalouse par hasard ?

Je reste coite. Jalouse ? Moi ? C'est quoi ce délire ? J'ai passé l'âge de ces petits jeux ! Enfin je crois. Parce que si je veux être honnête, je dois dire que les attentions de Sylvie pour Philippe ne m'énervent pas que sur le plan professionnel. Mais ça, il n'a pas besoin de le savoir. Aussi je lui lance un regard courroucé avant de répliquer.

— N'en fais pas trop non plus. Tu n'es pas le seul beau mec du coin.

— Parce que tu me trouves beau ?

J'hallucine ! À quoi il joue là ?

— Dis donc tu cherches le compliment ? Va voir Sylvie alors, moi ce n'est pas mon style. Maintenant si tu veux bien te recentrer et revenir à l'essentiel ce serait super. J'ai un peu autre chose à faire que de flatter ton ego ! Donc en résumé, voici ce que je propose. Je prévois un entretien avec Sylvie pour la mettre en garde, l'avertir une dernière fois que si elle persiste dans

son attitude inadéquate, elle est remplacée. De ton côté, tu lui présentes clairement les choses la prochaine fois qu'elle te fait du rentre-dedans. Ça te va comme ça ?
Un peu penaud, Philippe acquiesce. Mais quand il me regarde, il passe un je ne sais quoi dans ses yeux que je n'arrive pas à interpréter. Je l'ignore, je n'ai aucune envie de rouvrir la polémique.
— Dans ce cas, je retourne au bureau et je convoque notre sirène.
— Bon courage ! Moi je vais aller faire un tour en ville. De toute façon, il faut aller chercher les derniers paniers.
— Le salut dans la fuite ! Typiquement masculin comme attitude !

Je regrette cette remarque à peine a-t-elle franchi mes lèvres.

— Je ne pense pas que tu aies besoin que je te tienne la main sur ce coup-là. Mais pour d'autres circonstances, si tu veux, je suis ton homme !

Là-dessus, c'est moi qui suis penaude. Cependant je n'ai rien à rétorquer. Quand bien même je le souhaiterais, Philippe a tourné les talons sans attendre ma réaction. Aussi je retourne vers mon bureau, préparant dans ma tête l'entretien qui va suivre, occultant volontairement l'ultime réplique de mon collègue.

Quand j'arrive à la grande maison, j'apprends que Sylvie est partie avec Manuel pour réceptionner des colis à l'aéroport et qu'elle reviendra avec le dernier bateau ayant prévu de rester en ville pour la soirée. Ce répit est le bienvenu. Je me plonge donc dans les dossiers qui m'attendent. Bon point pour elle, les profils promis sont prêts. Je décide de les garder pour la fin pour éviter que mon ressentiment envers elle retombe et n'interfère pas dans mon choix. Après deux heures d'intense concentration, j'ai établi une liste inversée des candidatures, revu la proposition de planning pour les rendez-vous. Je prépare les instructions pour ma collègue en vue de transmettre les convocations pour les deux derniers jours de la semaine. Quand j'en ai terminé, l'heure du souper est proche. Je décide de rejoindre directement le restaurant puis de passer la soirée dans mon bungalow. J'ai besoin d'être un peu seule pour réfléchir.

12

Trois heures plus tard, installée sur un fauteuil devant chez moi, je n'ai pas envie d'aller dormir, mais surtout, je ne suis pas plus avancée qu'avant. J'ai beau retourner le problème dans tous les sens, je ne parviens pas à démêler mes sentiments. Deux choses sont sûres : Sylvie m'agace et je suis attirée par Philippe. Est-ce que la première découle de la seconde ? Je n'arrive pas à répondre à cette question ! Peut-être que si, mais que je n'ai pas trop envie de le savoir. Ce qui est certain, c'est que je ne suis pas vraiment du genre aventure d'un soir. C'est peut-être pour cette raison que j'essaie de ne pas craquer pour mon séduisant collègue.

Ceci dit, je pourrais tout à fait demander un poste ici et alors…

C'est à cet instant que l'objet de mon introspection apparaît dans mon champ de vision. Je l'observe le temps qu'il arrive jusqu'à moi. Il a l'air profondément accablé. Il s'affale littéralement sur le siège à côté du mien sans un mot. Je laisse passer quelques minutes avant de demander.

— Tu m'expliques ? Ou tu restes là sans rien dire ?

— J'ai croisé Sylvie en ville.

— Ah ! Et ?

— Nous avons parlé.

— Je vois.

— Je ne crois pas non. En fait c'est même pire que ce que je pensais. Tu peux t'attendre à des difficultés dans les jours qui viennent !

— Comment ça ?

— Elle te déteste et elle te tient pour responsable de son échec avec moi. Pire encore, selon elle, tout allait bien mieux avant que tu n'arrives, elle t'accuse de tous les problèmes du chantier. Les retards de fournisseurs, les commandes erronées, les employés qui cafouillent, tout est de ta faute ! J'en rirais presque si elle n'avait pas menacé d'écrire à la maison mère pour se plaindre de toi.

— Ne t'en fais pas pour ça, je peux gérer. J'ai l'habitude de documenter tous mes dossiers en cas de litige. Elle va vite déchanter.

— Peut-être, mais tu documentes aussi tes relations ? Selon elle, tu la harcèles tout le temps, tu mets en doute tout ce qu'elle fait. Pour couronner le tout, tu t'en prends également à moi, elle peut en témoigner ! Tu as même profité d'un soir où je suis rentré éméché pour m'obliger à coucher avec toi !

Là je vois rouge ! Non, mais quelle peste ! Je me lève d'un bon, prête à en découdre, à filer à la grande maison pour lui dire ma façon de penser. Philippe se met debout à son tour, m'attrape par le coude. Je stoppe net, me retourne et me retrouve dans ses bras.

— Tu es belle en colère, murmure-t-il contre mon oreille.

Il m'éloigne un peu de lui sans me lâcher. Ses yeux plongent dans les miens, quêtent mon autorisation. Je capitule. Doucement ses lèvres se posent sur les miennes. Là j'oublie tout ce qui n'est pas cet homme !

Progressivement, le baiser se fait plus exigeant. Au bout de longues minutes, Philippe met fin à notre étreinte.

— Si on continue, dit-il, je risque de ne plus pouvoir m'arrêter. Ça fait des semaines que je lutte contre mon envie de toi, mais je ne ferai rien sans que tu y consentes en toute conscience, pas en réponse à la fureur.

— La colère n'a rien à voir avec ça. Viens, regagnons l'intérieur.

C'est là que je me décide. Voilà trop longtemps que je me bride pour rentrer dans le moule, correspondre à l'image que les autres ont de moi. Alors, tant qu'à être accusée de quelque chose, autant l'avoir fait, surtout si, comme je le perçois, ce sera certainement agréable !

— Tu es sûre de toi, vraiment ?

Je fais taire Philippe d'un baiser léger avant de l'entraîner vers la maison. Arrivée dans le salon, porte fermée, je reprends l'initiative. Nouveau baiser, long, très long, torride, qui nous laisse à bout de souffle. Je me dirige ensuite vers la chambre, me retournant à mi-parcours pour inviter mon partenaire à me rejoindre. Ce qu'il fait après une très brève hésitation.

Arrivée près du lit, je le contemple. Nos regards se rivent, nos corps se rapprochent, nos mains se mettent en mouvement. Je l'entraîne sur la couche. Nous embrassant toujours, nos vêtements finissent par tomber au sol, abandonnés. Nous nous explorons du bout des doigts, découvrons l'autre des yeux, de la bouche et des mains avant de fusionner dans une étreinte passionnée qui nous laisse épuisés, mais ravis.

Nous restons ainsi blottis l'un contre l'autre, sans rien dire.

— Tu ne regrettes pas ? me demande-t-il après un long moment.

— Non et toi ?

— Absolument pas. Mais je ferais peut-être mieux de rentrer maintenant.

— Tu souhaites partir ?

— Non, je n'en ai pas envie, ce que je voudrais, c'est recommencer ce que nous venons de faire, mais je ne tiens pas à te mettre en mauvaise posture. Le jour va bientôt se lever. Il va falloir aller bosser.

— Je suis une grande fille tu sais, j'assume. Pas toi ?

Si mon ton se veut taquin, sa réponse est importante pour moi. Je suis ravie quand il me déclare :

— Si tu assumes, alors je ne peux pas faire moins. Dis-moi juste ce que tu souhaites vis-à-vis des collègues. On reste discrets ou on s'en fiche ?

J'apprécie qu'il pose la question, mais au point où en sont les choses, la dissimulation n'est plus de mise. Je prévois une attaque en règle de Sylvie, alors autant ne pas se cacher.

— On s'en moque !

— Waouh ! Quel enthousiasme !

— Oh ça va hein !

Je me sens l'âme d'une collégienne. Je chahute un peu mon compagnon avant que notre bagarre prenne un tournant différent et ne se transforme en corps à corps sensuel.

Plus tard, après une longue douche à deux, nous sommes installés sur ma terrasse pour notre premier petit déjeuner ensemble. Nous discutons du programme des heures à venir quand Sylvie surgit tout à coup. Son regard passe de l'un à l'autre, mais pendant quelques secondes, elle ne dit rien avant d'exploser.
— Je le savais !
Je la coupe de suite, n'ayant aucune envie de me gâcher la journée avec elle.
— Vous saviez quoi, Sylvie ? Que Philippe et moi vérifions régulièrement l'avancée du chantier ensemble ? Que souvent nous préparons le travail autour d'un repas, d'un verre ? Qu'en dehors de cela, nos relations, si relations il y a, ne regardent que nous ? C'est ça que

vous pensiez ? Ou à nouveau vous allez vous lancer dans une campagne de ragots ? Parce que si c'est le cas, considérez que votre poste de chef de l'équipe de réception revient à Julie ! Je vous ai mise en garde, je ne me répéterai pas. Au prochain faux pas, à la moindre rumeur, la sanction sera immédiate. Pour le reste, je termine le planning de la journée avec Philippe. Je vous retrouve dans mon bureau dans une demi-heure.

J'ai adopté un ton calme, mais glacial. Sans plus me préoccuper d'elle, du moins en apparence, je me retourne vers Philippe et reprends.

— Alors pour cet après-midi, je voudrais que nous examinions ensemble les dossiers des futurs employés et des extras.

Complètement ignorée, notre collègue que j'observe du coin de l'œil tourne les talons et s'en va. Au martèlement rageur de ses pas, je devine que je n'en ai pas fini avec elle.

Mais quand elle me rejoint dans mon bureau, je suis prête à la recevoir. Elle adopte une intonation mielleuse pour attaquer d'emblée.

— Madame Dorset, je sais que ça ne me regarde pas, mais le petit déjeuner de travail dans votre bungalow avec Philippe, ça risque quand même de faire jaser, non ?

Le ton est donné. Elle veut se battre ? Ça tombe bien, moi aussi ! C'est sur le même ton doucereux que je réponds.

— Oh ! Vous croyez ? Vous pensez vraiment que nos collègues sont comme ça ? Qu'ils n'ont rien de mieux à faire que de répandre des histoires sur nous ? Que notre vie privée est au centre de leurs préoccupations ? Ou est-ce que vous projetez votre propre façon de faire sur les autres ?

Le ton de cette dernière phrase est nettement plus dur. Je continue.

— Vous avez dépassé les bornes. Quelles que soient mes relations avec mes collègues, vous n'avez pas à intervenir ni à les commenter. Encore moins à en faire l'objet de discussions avec le reste du personnel. Cette attitude est absolument incompatible avec votre poste. Vous venez à nouveau de le prouver, vous ne pouvez pas vous empêcher de faire marcher votre langue ! Je vous ai mise en garde à de nombreuses reprises à ce sujet, mais là, c'en est trop. Considérez que dès que les entretiens prévus pour cette fin de semaine auront eu lieu, l'organisation du staff réception sera revue et que ce ne sera certainement pas vous qui le dirigerez.

— Vous ne pouvez pas faire ça ! s'exclame Sylvie, outrée. Vous n'en avez pas le droit, je ne me laisserai pas faire !

— Détrompez-vous, j'en ai parfaitement le pouvoir. J'ai envoyé plusieurs rapports à votre sujet à la maison mère ainsi qu'une demande d'information sur votre parcours au sein de l'entreprise. Ce qui m'est revenu conforte ma décision. C'est le cinquième centre où vous sévissez. Les retours sont unanimes.

C'est votre propension à mêler vie privée et vie professionnelle qui sont à l'origine de vos mutations. Comme votre goût prononcé pour colporter des rumeurs qui a même conduit à la démission d'excellents collaborateurs. Je ne veux pas de ça ici. Donc vous avez le choix. Soit vous acceptez ma décision et vous vous contentez d'un poste où vous ne pourrez pas nuire, soit vous changez de site, soit vous quittez l'entreprise. Il ne manque pas de canards à scandales où vous pourriez exercer vos talents !

— Vous ne me ferez pas partir comme ça ! Il y a des lois qui protègent les gens !

— Parlons justement de législation. Le harcèlement au travail en est une des composantes. Si Serge n'a pas porté plainte, il n'en sera peut-être pas de même de Philippe !

Devant son air étonné, je continue.

— Mais oui je suis au courant. Pour les deux. Soyez raisonnable, Sylvie. Vous ne gagnerez pas cette fois. Cet entretien est terminé. Je veux votre décision pour lundi matin. Ou vous restez à mes conditions, ou vous partez.

Pour bien marquer le coup, je me lève, vais jusqu'à la porte, l'ouvre et attends ostensiblement qu'elle sorte. Ce qu'elle finit par faire non sans me lancer un regard noir. Nullement impressionnée je rentre dans le local, retourne m'asseoir. Quand je suis certaine qu'elle s'est éloignée, je relâche la pression. Je me replonge à nouveau dans les CV des différents postulants. Tout à coup je m'interroge. Sur les dix choisis, il y a sept beaux gosses et trois filles au physique banal. Comme je sais que Julie a participé à la sélection, je l'appelle.

— Julie, pouvez-vous m'apporter les candidatures qui n'ont pas été retenues pour les postes de réceptionnistes ? J'aimerais les revoir.

Quand elle arrive avec la pile de documents, je l'invite à rester. La porte fermée, je ne perds pas de temps.

— Julie, qui a procédé au choix qui m'a été présenté ?

— Sylvie et moi.

Je comprends rapidement qu'elle est embarrassée. Je poursuis donc.

— Je veux la vérité, Julie. C'est important.

— En fait c'est Sylvie. J'avais opéré une autre sélection, mais certains candidats ne lui plaisaient pas alors en dernier ressort elle l'a modifiée.
— Je m'en doutais. Pouvons-nous revoir cela ensemble ? J'aimerais vraiment votre avis.

Nous travaillons pendant une grosse heure pour arriver à une compilation très différente. Si le choix de Sylvie m'avait paru intéressant dans un premier temps, celui-ci est nettement plus prometteur. Je charge Julie de convoquer les candidats avant de lui proposer de m'accompagner dans les entretiens. J'ai apprécié son regard impartial, la pertinence de ses remarques. Avant de la laisser partir, je lui demande la plus grande discrétion sur ce que nous venons de faire, arguant que je souhaite annoncer moi-même à Sylvie qu'elle est dessaisie de cette tâche. Elle m'assure de son silence sans poser de question.

13

Le midi, je retrouve Philippe pour déjeuner. Il s'est installé au bout de la salle à manger du personnel, à une table pour deux un peu à l'écart. C'est parfait. Dès que nous sommes servis, je lui raconte ma matinée. Quand je lui parle des candidatures, il est consterné. Nous tombons tous deux d'accord que nous ne pouvons pas garder Sylvie, que la muter dans un autre centre serait une erreur. Comme nous avons besoin de discrétion, nous convenons de nous retrouver chez moi pour une vidéoconférence avec la maison mère aussitôt le repas achevé.

La connexion établie, je commence par un compte rendu du chantier. Nous n'avons enregistré que peu de retard par conséquent, l'ouverture pourra se faire à la date prévue. Reste à prévoir les engagements de personnel supplémentaire. Et le cas Sylvie. Pour ce dernier, je passe le relais à Philippe. Ça évitera des complications en cas de licenciement. Quand il en a terminé avec les explications, la décision tombe, sans appel. Elle est virée ! Mais comme nous ne sommes pas vindicatifs, nous suggérons de ne pas invoquer de faute grave. Cependant, il est hors de question qu'elle preste son préavis ici. Elle sera mutée dans une agence sur le continent dès réception du courrier de licenciement qui sera émis de Bruxelles. Nous réglons encore un ou deux détails pratiques. La communication terminée, le climat change.

Si nous nous sommes admirablement maîtrisés tout le long de l'échange, la tension est néanmoins palpable. Restés seuls, nous la laissons nous emporter. Baisers, caresses, nous entraînent vers la chambre pour un ballet intemporel.

Nos sens assouvis, Philippe pose La question.

— On fait quoi maintenant ?

J'ai parfaitement compris que son interrogation ne concerne pas l'heure qui va suivre, mais englobe un futur beaucoup plus large. Nous ne sommes plus des enfants. Nous avons tout à fait conscience que cette liaison peut amener de grands changements dans notre vie si nous décidons d'en faire une vraie histoire. Mais le désirons-nous véritablement ?

— Je n'en ai aucune idée. Je vais être sincère avec toi. J'ai effectivement envie d'une vraie histoire avec toi, mais c'est un peu tôt pour être sûre que ce soit le cas. Alors si on laissait les choses se faire, voir où ça nous mène ? Il me reste environ deux mois ici avant de songer à la suite. On pourrait en reparler à ce moment-là. Tu en penses quoi ?

— Comme tu veux. Pour ma part, je sais déjà ce que je souhaite. Mais je respecte ta décision. On en rediscute dans deux mois. En attendant, j'ai envie d'en profiter…

Les instants qui suivent se passent de paroles, le langage du corps prend le relais.

196 ABIGAËL

14

Deux mois plus tard

Le complexe ouvre dans une semaine. C'est le stress total. Pourtant, par je ne sais quel miracle, tout est prêt. Il ne manque pas une serviette, pas un parasol, l'équipe est au complet, moins Sylvie, parfaitement rodée.

Quand je pense « moins Sylvie », je jubile un peu. Juste un peu. D'accord, plus qu'un peu ! Elle s'est montrée tellement odieuse lorsqu'elle a reçu sa notification de fin de contrat que je n'arrive pas à avoir pitié d'elle.

Nous étions en plein déjeuner, Philippe et moi quand elle a déboulé dans la salle à manger du personnel, aussi rouge qu'une tomate.

— Espèce de salope, tu voulais le garder pour toi hein ! Je te faisais trop d'ombre ! Faut dire qu'une grosse vieille peau comme toi, ça s'accroche dès qu'un pauvre mec fait mine de s'intéresser à elle ! Mais tu vas voir, quand tout sera terminé, qu'il n'aura plus besoin de toi ici, il te larguera comme la vieille merde que tu es !

Je n'ai pas eu à répondre, Philippe s'en est chargé.

— Écoute-moi bien, Sylvie. Si la « salope » n'avait pas intercédé en ta faveur, c'était le renvoi immédiat pour faute grave, sans préavis et sans indemnités. Tu devrais plutôt lui dire merci. Pour le reste, cela relève de notre vie privée, une notion que tu ne maîtrises apparemment toujours pas, qui ne te regarde en rien !

— Ah ! je vois. Elle a réussi à t'entourlouper toi aussi !

— Certainement pas. J'étais avec elle quand la décision a été prise. C'est la seule qui ait parlé en ta faveur, malgré ton attitude désastreuse !

— Tu n'as rien dit pour moi ? s'étonne la jeune femme en s'effondrant sur une chaise toute proche. Je pensais pourtant ne pas t'être indifférente !

— Tu n'as jamais été autre chose qu'une collègue pour moi. Si tu es honnête avec toi-même, tu admettras que jamais je ne t'ai fait croire autre chose. Je ne suis pas amoureux de toi. Tu ne m'intéresses pas. Tu ne me plairas jamais !

Blessée dans sa fierté, Sylvie se redresse, assène une dernière réplique avant de quitter les lieux comme une reine outragée.

— Amoureux ? Qui parle d'amour ? Tu ne vaux pas plus qu'une aventure sans lendemain. Je lui souhaite bien du plaisir quand elle s'en apercevra !
Un grand silence s'est fait entendre dans la pièce. Tous les collègues présents ont le nez baissé sur leur assiette, mais les oreilles grandes ouvertes, j'en suis certaine. Sylvie disparue, j'interviens.
— Le spectacle est terminé ! S'il vous a plu, libre à vous de laisser une obole aux artistes sur la table près de la sortie. Moi, je vais choisir mon dessert !

Peu à peu le cours normal des choses a repris. La fin du chantier a été mouvementée, mais nous sommes maintenant au bout des difficultés. Dans une semaine, on ouvrira nos portes. Laurence me rejoindra pour des vacances amplement méritées. J'ai toujours un peu de mal à définir ma relation avec Philippe. Même si je sais que les assertions de Sylvie ne sont que pure méchanceté, je ne peux m'empêcher de douter. Je n'ose pas lui poser la question.

Mais je n'ai finalement pas à le faire, c'est lui qui s'en charge, un soir.

— Dis-moi, Abigaël, tu te souviens de la question que je t'ai posée il y a quelques semaines ?

— Quelle question ?

Je sais qu'il n'est pas dupe, mais je redoute vraiment la discussion qui va suivre alors je fais l'imbécile.

— On fait quoi maintenant ?

— Une promenade, à moins que tu préfères regarder un truc à la télé.
Pourquoi veut-il qu'on parle aujourd'hui ? Pourquoi pas plutôt demain ou la semaine prochaine, ou jamais ?

— Arrête, tu comprends tout à fait à quoi je fais allusion. Il faut réellement qu'on en discute. Ton travail ici se termine dans quelques jours, puis tu auras tes vacances, mais après, on fait quoi ? Tu t'en vas, comme ça ? C'est vraiment ce que tu souhaites ? J'ai besoin de le savoir.

— Et toi, tu as envie de quoi ? Que je reste ? Ce serait possible. J'y ai bien réfléchi. Le bureau de Bruxelles m'a proposé le poste de Manager de ce complexe. C'est une belle promotion. Une magnifique reconnaissance de mon travail. Finir ma carrière dans un endroit tel que celui-ci, c'est le rêve. Quant à mes amis et ma famille, ils pourraient toujours venir me voir. Il y aura sûrement aussi des périodes où je devrai retourner sur le continent et en profiter pour les y retrouver. C'est vrai que ça me tente. Je pourrais éventuellement essayer de me trouver une maison au village et m'installer définitivement sur l'île, mais…

— Mais quoi ? Que désires-tu que je fasse ? Que je te supplie, que je me mette à genoux pour t'implorer de ne pas partir ?

— Je ne te demande pas ça. Je voudrais seulement être sûre que tu tiens à moi, que peut-être même tu as des sentiments pour moi !

— Tu ne le sais pas ?

— Non. Tu ne me l'as jamais dit !

— Tu as raison. Je pensais juste que tu l'avais compris, mais oui, Abby, je t'aime ! Je n'ai pas envie que tu t'en ailles ! Alors tu veux bien rester ? Avec moi ?

— Oui, mille fois oui !

Nous nous retrouvons dans la seconde dans les bras l'un de l'autre pour un long, très long baiser.

Nous décidons d'officialiser notre relation en même temps que l'ouverture du complexe. Demain, j'accepterai le poste ici. Je profiterai ensuite de quelques semaines de répit entre mon amie et mon amour avant d'entamer une autre vie dans ce petit paradis.

Il y aura des choses à régler, comme la résiliation du bail de mon

appartement et mon déménagement par exemple, chaque chose en son temps. Nous serons deux pour y faire face. Il faudra aussi que je raconte à mon compagnon notre toute première rencontre, celle dont il ne s'est jamais douté. Je suis certaine que ça l'amusera.
Mais là, tout de suite, je ne veux penser à rien d'autre qu'au bonheur d'être ici, avec lui...

Le jour de l'ouverture arrive. La veille je suis allée accueillir mon amie à l'aéroport. Philippe s'est fait discret pour nous laisser nous retrouver entre filles. Il nous a rejointes pour la soirée que nous avons passée tous les trois.
Quand nous avons regagné le bungalow pour la nuit avec

Laurence, elle m'a rassurée sur mon avenir, sur ma décision. Parce que même si je suis très amoureuse, j'ai besoin d'un regard extérieur et le sien est toujours très juste.

— Dis donc il est vraiment canon ton Philippe.

— Oui. Sur ce coup-là, Florence ne s'était pas trompée.

— Effectivement. Par contre pour le jugement des caractères, elle repassera, me dit mon amie en riant. Sérieux, il est parfait ce mec. En tout cas c'est mon impression. Gentil, doux, attentionné, très amoureux aussi. J'envie un peu la façon dont il te regarde.

— C'est vrai ?

— Mais oui. Enfin ma puce, c'est quoi ces questions ? Tu doutes ?

— Tu me connais. J'ai toujours tendance à douter de tout et surtout que l'on puisse m'aimer.

— Oui je sais. Mais là, sauf si c'est un excellent comédien, tu peux être rassurée. J'ai rarement vu un tel regard et c'était chaque fois chez des couples qui durent.

— Donc d'après toi, j'ai fait le bon choix ?

— C'est l'évidence. Fonce. Pour moi tu vas droit vers le bonheur pour le restant de tes jours et dans un paradis. Qu'est-ce que tu voudrais de plus ?

— Tu as raison. Il est temps que je fasse confiance, que je m'autorise à être heureuse.

Sur ces bonnes paroles, nous allons nous coucher.

Le lendemain, l'ouverture est un succès. La journée file à toute vitesse. Philippe et moi courrons partout pour régler les derniers détails, accueillir nos invités, les premiers clients. Bien qu'elle soit en vacances, Laurence me seconde avec beaucoup de gentillesse. Ce n'est qu'en fin de journée que nous pouvons enfin nous retrouver, Philippe et moi. Je suis un peu stressée parce que nous avons décidé d'organiser un petit drink avec l'ensemble des équipes à la fin des festivités pour les remercier de leur excellent travail, leur annoncer que je reste non seulement en tant que manager mais aussi en tant que compagne de Philippe.

Quand les applaudissements fusent à la fin de notre discours, je suis rassurée. Mon avenir ici s'annonce radieux. Les hourras qui retentissent lorsque Philippe m'embrasse devant tout le monde me font rougir certes mais me confortent encore plus dans ma décision. Cette fois, j'en suis sûre, je suis sur la route du bonheur. Rien ne m'en fera plus dévier.

FIN

A PROPOS DE L'AUTEURE

214 ABIGAËL

Age : 60 ans *Situation familiale : seule à la maison * Enfants :2 grands et 3 petits * Lieu de Résidence : Mons, Hainaut, Belgique * Hobbies : Lecture, écriture, chats, chiens, gastronomie, Histoire, effectuer des recherches pour un prochain livre, marchés médiévaux...

" Parfois il faut accepter que les choses ne soient plus jamais comme avant. Mais la vie continue…"

" On ne perd jamais les personnes qu'on aime car elles sont toujours dans notre cœur. On peut perdre leur présence, leur voix, leur parfum mais ce que nous avons appris

d'elles, ce qu'elles nous ont laissé, cela ne sera jamais perdu."

Comme je suis gourmande j'en ai mis deux.

La première fait suite à de gros soucis de santé qui m'ont laissé un sentiment d'urgence.

Celle de profiter de ma vie telle qu'elle est et non plus telle qu'elle a été parce que je ne pourrai pas revenir en arrière et que les minimes séquelles qui restent n'évolueront sans doute plus. Mais je suis en vie et ça, ça n'a pas de prix.

La seconde se réfère surtout à ma maman disparue depuis un peu plus de vingt ans et qui me manquera toujours. Au point qu'il m'arrive encore de penser « Ah, ben faudra que j'en parle à Maman ». Avec mon père, elle m'a donné le goût de me battre et de faire face, de croire en moi aussi, même si des moments de doute sont encore bien présents parfois.

Ton parcours professionnel

Pas de grandes péripéties à ce sujet. Après des études un peu chaotiques, d'abord en psycho à l'UMons puis instit primaire à Morlanwelz, j'ai atterri au musée de Mariemont à Morlanwelz où j'ai fait l'ensemble de ma carrière au sein de divers services.

Ton parcours en tant qu'auteur

J'écris depuis longtemps, surtout pour moi au départ, pas mal de poèmes ou de petits textes qui me permettaient d'exprimer des émotions que les circonstances ne me permettaient pas d'exprimer. Des défis aussi avec des amis, dont un surtout, avec qui je jouais à une sorte de cadavres exquis, chacun complétant le texte de l'autre pour aboutir à des histoires assez fantaisistes.

Puis il y eu les jeux de rôles, en ligne ou sur table, qui nécessitaient la création de personnages dont il fallait inventer la vie.

De ces créations est venue l'envie de passer peut-être à des projets plus ambitieux. L'idée n'était pas de moi mais d'amis qui appréciaient mes récits et m'ont poussée sur la voie de l'écriture. Et puis après un passage au sein du comité de lecture de SEE, j'ai répondu à un appel à texte et l'aventure a commencé. C'est ce qui m'a valu ma très belle rencontre avec Lise et la participation au récréature.

Déjà disponibles :

Ysaline la guérisseuse

Adénora

Coraline

Juste avant Noël (collectif d'écriture créative)

La féerie de Noël (collectif d'écriture créative)

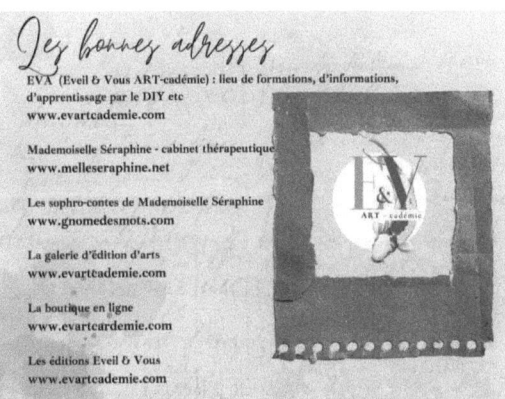

221 ABIGAËL

LE TOUT SE TROUVE SUR WWW,EVARTCADEMIE,COM

LE SITE INTERNET DE EVEIL &VOUS ACADEMIE

222 ABIGAËL

223 ABIGAËL

ABIGAËL